ANGIE DE LAS TORRES BLANCAS

Luis Alemany

ANGIE DE LAS TORRES BLANCAS

HarperCollins

Editado por HarperCollins Ibérica, S. A.
Avenida de Burgos, 8B - Planta 18
28036 Madrid
www.harpercollinsiberica.com

Angie de las Torres Blancas
© 2026, Luis Alemany Rodríguez
© 2026, HarperCollins Ibérica, S. A.

Diseño de cubierta: Elsa Suárez Girard
Fotografía de autor: Alberto Di Loli
Adaptación de cubierta: equipo HarperCollins Ibérica
Maquetación: J. A. Diseño Editorial, S. L.

ISBN: 978-84-1064-559-2
Depósito legal: M-1826-2026
Impreso en España por Black Print

MIXTO
Papel
FSC FSC® C159065

Hola, Clara.

1

Hola, somos el narrador de esta historia y os escribimos en primera persona del plural, es lo primero en lo que os habréis fijado y que habréis de tener en cuenta. Somos un nosotros guasón, un poco invasivo y sentimental, ¿qué nosotros no lo es? Un nosotros un poco insidioso, pícaro y ocurrente como el coro de una obra de teatro griego, como el rumor de una clase de bachillerato. O así nos vemos a nosotros mismos. Lo vemos todo, lo sentimos todo, lo sabemos todo, pero a veces nos cuesta llegar a una conclusión porque tendemos al barullo y al conflicto. Estamos unidos porque vivimos en el mismo edificio, en un lugar complejo, amado y odiado por todos nosotros, trabajoso y puñetero porque ocurren cosas como que un taladrazo mal dado en una pared de la planta 14 cause una avería en la planta 11. Nuestros pisos son grandes y cavernosos y a la vez son luminosos y amplios, pero quizá la mejor palabra para describirlos sea *escultóricos*. A veces nos cuesta no sentirnos abrumados. Algunos de nosotros habitamos en ellos con la leve tensión de quien nada en un mar en el que no hace pie, de quien sabe que una corriente se puede llevar al mejor nadador. Pero también es cierto que a cada paso hay una textura amable, que en cada rincón hay dos espacios que se unen y se separan con sutileza, que hay alguna forma de belleza en estos pisos que quizá reconforte nuestros corazones. Ay, también somos un nosotros poético y desclasado, con tendencia a ponernos sublimes, estad avisados.

En fin, no podemos decir si nuestro edificio es un tesoro o un monstruito gris porque para ese tipo de juicios rotundos no funciona esta manera de hablar en primera persona del plural. Pero quizá podríamos pactar una frase: hay una nobleza diferente en nuestros pisos. Con un poco de suerte sabremos transmitirla poco a poco, sin decirlo como una hipótesis enfática y pedorra, como los textos de esos periodistas que se hacen pasar por científicos sociales. *Pedorra* es una palabra que hemos elegido para calificar este riesgo. Ya os dijimos que somos guasones y sentimentales.

Vosotros ya habéis visto el edificio, seguro que tenéis vuestra opinión sobre él y que tenéis alguna información probablemente equivocada y mitificada. Bien: sería un barroquismo un poco tonto esconderos su nombre: el lugar se llama Torres Blancas y nosotros somos sus habitantes. Estamos en la mañana del 26 de junio de 1995 y, sobre todo, tenemos calor.

El día acabará con una temperatura mínima de 21,6 grados centígrados y 29 de máxima y caerá un aguacero corto y malhumorado al atardecer. El agua embalsada en España ronda los 1750 hectómetros cúbicos (una miseria que será lo habitual durante gran parte de la década de 1990 y que sólo empezará a remontar en 1997) y el uso del aire acondicionado está desaconsejado por las administraciones públicas. El brillo de los parabrisas de los coches en la salida de la avenida de América, a punto de convertirse en autopista A2 a nuestros pies, reverbera. El sonido que nos llega (sabemos que ese es un asunto en el que a menudo pensáis allí fuera) lo hace en forma de ruido blanco. Está y no está; a veces se nos olvida y a veces nos pesa como una condena. Ignoramos si ese sonido también causa algún efecto en nuestras vidas.

Como somos un narrador-nosotros, nos podemos permitir pequeñas licencias novelescas.

¿Recordáis aquellos cómics de 13 Rue del Percebe? ¿Aquel edificio al que se le arrancaba la fachada de manera que podíamos ver la vida de sus vecinos? Mucha fachada de hormigón habrá que arrancar en Torres Blancas para hacer algo parecido, pero ese va a ser nuestro truco para presentarnos uno a uno. Nuestro plano secuencia salta de arriba abajo y de abajo arriba otra vez, desde la azotea de la planta 24 con su paisaje de hormigón un poco metafísico y su piscinera lámina de agua (no del todo celeste, no completamente salubre), hasta el garaje del subsuelo, tesoro secreto de la ciudad de Madrid que sólo nosotros conocemos. También somos un nosotros un poco jactancioso, perdonadnos. No todo el mundo tiene la suerte de vivir en Torres Blancas.

Ya os hemos dicho que estamos en el verano de 1995, en la edad de oro de la ironía en la cultura popular, de modo que la secuencia podría empezar con un *zoom* obviamente feo y anacrónico, una imitación de los *zooms* de las películas eróticas de los años setenta, tan aficionadas ellas a las arquitecturas brutalistas. Aceptemos que el contraste entre una pared de hormigón y una piel suavísima, como de cerámica, es atractivo hasta para el más lerdo de nosotros.

Entre los conductos de ventilación que asoman por la azotea-piscina como menhires en un conjunto megalítico, encontramos una figura fantasmagórica: un hombre de cincuenta y cuatro años, 173 centímetros, 86 kilos de peso, pelo sospechosamente azabache peinado hacia atrás, gafas de sol de carey y la ya citada piel de cerámica, como si estuviese pintada a la manera de las geishas. Traje, camisa y zapatos negros con pequeños apliques plateados. Hace mucho calor para esa ropa, pero nuestro hombre está en otro mundo. Su actitud es ensimismada. Igual que Quasimodo habita los altos de la catedral de Notre Dame en París, nuestro jorobado observa el mundo y se observa a sí mismo desde una piscina mal mantenida, azul-oscura. Su labio inferior está un poco caído y el superior se alza como un arco gótico. Sus ojos son levísimamente estrábicos, pero de momento vamos a no darle demasiada importancia a ese dato porque están escondidos tras las gafas de sol. La cara es grande y parece hecha como a martillazos por un escultor cubista. Es pulcrísimo nuestro hombretón, huele a *aftershave* y lleva las uñas de manicura. Once pisos más abajo, su teléfono suena y alguien pregunta por él. Marina, su hermana y compañera de piso eterna, contesta: «No, Mel no se puede poner. Mel está pensando». Y esa frase nos hace gracia, lo confesamos, una gracia un poco triste. Puede que Mel, The Mel, el señor Carmelo Llovet, escritor de culto y figura un poco grotesca en la cultura española de la segunda mitad del siglo XX, hijo dolido y huérfano mitómano, esté pensando y paseando peripatéticamente en la azotea de Torres Blancas. O puede que simplemente esté en el mundo como están los hombres sonados tras largos periodos de consumo de anfetaminas mezcladas con coñac. ¡Se parece a Roy Orbison! Algunos de nosotros exigimos ese símil para simplificar las cosas.

Could taste your sweet kisses, your arms open wide / This fever for you is just burning me up inside / I drove all night to get to you.

El teléfono ha sonado en la planta 13 y Marina Llovet ha respondido con desesperación que Mel está pensando, porque el 26 de junio va a ser un día importante para ella y no soporta las distracciones. Durante las semanas anteriores, Marina ha vaciado el piso que comparte con Mel desde 1968; la vivienda que antes era una casa-bazar, llena de antigüedades, de cachivaches y de mitomanías hasta el punto de alojar una llamada «habitación marroquí» llena de orientalismos (de la que Marina declaró una vez: «Qué asco me da»), está ahora casi despejada, como una ruina a la que le hubiesen caído siglos de olvido. Las paredes han sido envueltas en papel de aluminio como la Factory de Andy Warhol, y la penumbra y la sensación de irrealidad han sustituido a la luz y a eso que soléis llamar «calorcito de hogar».

Pero el teléfono que suena sigue colgado de la pared. Es uno de aquellos teléfonos de tipo góndola, rojo como las pinturas de labios que en 1995 asociábamos al cine negro y a Veronica Lake. Qué otro aparato podríamos oír sonar en un piso de Torres Blancas en el que sólo queda otro mueble, un sofá-labio tusquet-daliniano que también recuerda a Veronica Lake y que ocupa el centro del laberinto. Por ahí vemos también una cámara de cine Arriflex sr2 de 16 mm y un equipo de sonido Shure de gama media-baja. Marina rodará en seis días la película que ha estado larvando durante una vida esquiva, una vida de expectativas decepcionadas y de distancias irónicas. Cuando su madre murió, dos años atrás, Marina sintió que había llegado el momento de reivindicarse, de darse sentido a través de un pedazo de arte, y su decisión nos ha llevado hasta esta mañana de junio de 1995.

Que no parezca que Marina es nuestra indiscutible heroína. Porque para algunos de nosotros es una presencia hosca e inexpresiva, vestida de gris y con el pelo cortado como un monje medieval, esclava de su tabaquismo, nocturna y huidiza. No es hostil, pero sí que parece a veces insuficientemente consciente del otro y, desde luego, vive desinteresada por el nosotros. Por nosotros y por el nosotros. Sus cejas son apenas nada, parecen arrancadas de la piel como hicieron algunas mujeres sofisticadas en la generación de su madre. Sus ojos parecen salirse de su cara. Sus labios son delgados y su barbilla tiende a redondeada, a extrañamente redondeada en un cuerpo más bien enjuto. Marina tiene cuarenta y tres años, sale a la terraza y ve una vaca en la explanada ajardinada que rodea Torres Blancas.

No es una vaca, son unos niños, son nuestros hijos, y tienen un pequeño papel en la película de Marina. Habrán de meterse en ese disfraz de vaca traído de un almacén de atrezo de RTVE para reproducir la escena de *La edad de oro* de Buñuel, aquella en la que una vaca, aquella sí de verdad, aparecía en el dormitorio de los señores de un palacete burgués en París. De nuevo, el surrealismo se nos aparece. Una de nosotros, la madre de uno de esos niños cuyos nombres se podrán leer en los créditos de la película de Marina Llovet, se ofreció la noche anterior a reparar algunos desgarrones en el disfraz de vaca. Así que lo siguiente que pasa es que Marina ve a los niños jugar con su disfraz a 24 grados centígrados en la praderita que separa Torres Blancas de la calle Padre Claret.

Marina toma una vieja cámara manual superocho y rueda desde lo alto su pastoreo sin advertir que su sobrina Angie sale del edificio en dirección al tercer día de sus exámenes de Selectividad en la Ciudad Universitaria, que queda al otro lado de la Línea 6. Angie, ya sentenciada al fracaso, después de un bachillerato brillante y un Curso de Orientación Universitaria caótico y solitario, piensa en que se acordará muchas veces de ese momento. Piensa también en una frase de Voltaire que le dijo padre una vez: «La felicidad no existe sino como presagio de la felicidad». Y se le ocurre que quizá el dolor tampoco exista tanto como el miedo al dolor, el presagio del dolor. Angie es alta, tiene anchas las espaldas y durante su adolescencia, que en este 26 de junio de 1995 se acaba, se ha aferrado a un aire diríamos que asexuado. Es un poco rubia y lleva el pelo rizado, corto y suelto; no se maquilla y aparenta cierto descuido un poco masculino: las botas militares pese al calor, el pudoroso vestido gastado y sin formas, el andar apresurado camino del matadero. En el fondo, hay más coquetería de lo que transmite esa apariencia. Angie es una observadora nata, obsesiva detectora de códigos visuales, una coleccionista de imágenes ajenas que ha preferido ponerse a un lado, ver el mundo en tercera persona.

Nos dan ganas de decirle a Angie que venga con nosotros a nuestra primera persona del plural. Pero es que su problema es precisamente ese: igual que su tía, no consigue entrar en ningún nosotros. Ningún adolescente lo consigue, Angie, no lo pases tan mal.

Si Angie Llovet Siemens hubiese tardado tres minutos más en salir de Torres Blancas hasta su matadero, se habría cruzado con el Fiat Punto blanco de María Siemens Hoch, su madre mexicana. Mexicana pero hija de padres alemanes, mujer alta y trigueña como su hija, extrañamente joven para tener una hija adolescente en 1995, tan joven que en realidad está ante los verdaderos primeros días de su vida. María es una criatura por la que sentimos especial compasión en esta mañana del 26 de junio. Hace solo días que se separó de Juan Llovet, el padre de Angie, el tercer hermano de la camada de Marina y The Mcl, el segundo en edad. María se marchó de casa y lo último que le dijo a su marido fue «te quiero, tengo que irme», aunque no supo explicarle ni explicarse por qué. Su hija había huido algunos minutos antes en una refriega que inesperadamente pasó de rutinaria a explosiva, así que de ella ni siquiera se pudo despedir. Con Angie no ha quedado en nada.

*   *   *

María se llevó dos bolsas de viaje y durante dos días durmió en un sofá en su departamento de la Facultad de Filosofía en la que da clase. Esta mañana ha venido para decirle a Angie que ha encontrado una casa, un apartamento en la calle Conde de Xiquena, y que quiere que la ayude a hacer de ese lugar un hogar, que no quiere que piense que la está abandonando, ni a ella ni a su padre. Pero llega tres minutos tarde y cuando lo descubre llora, al principio con tristeza y después con desesperación. Sin saber qué hacer, María se dirigirá a la planta 13, hasta el piso de sus cuñados, Mel y Marina, con los que durante estos años ha tenido un trato basado, más que nada, en la mutua incomprensión.

Nos estamos poniendo un poco graves y esto sólo acaba de empezar. Así que aquí viene el contrapunto rutilante.

Marisa Paredes se despereza en el balcón del piso de su marido José María Prado, en la planta 21 de nuestro monstruito de hormigón. El suyo es uno de los pisos pequeños del edificio, o sea, de los de 120 metros cuadrados. En Torres Blancas no nos merecemos menos. Ja. Nos encantan estas pequeñas bromas de evocación bilbaína. En realidad, la vivienda es el antiguo piso de soltero de José María y ahora funciona como una mezcla de oficina, almacén y segunda vivienda para la pareja. La idea de vivir en el centro de Madrid y tener una segunda vivienda con piscina a quince minutos de taxi nos encela a algunos de nosotros. No a todos. Bien. Marisa habrá de estrenar en septiembre *La flor de mi secreto* y está en la espuma de sus días.

Más abajo, en la planta 6, una pareja hace el amor. Él se llama Ignacio, tiene veinte años y ha terminado con buenas notas su segundo año de Derecho en la Universidad Complutense de Madrid, de modo que su 26 de junio es un día de fiesta clandestino, libre de deberes. Sus padres creen que pasa unos días haciendo surf con sus amigos en Cantabria, lo que aún representa una exótica afición en Madrid, en 1995. Ella se llama Natividad, pero todos la llamamos Mame. Tiene veintinueve años, fue la profesora de Lengua Española de Ignacio dos cursos atrás y ha dado clase a Angie este mismo año. El curso escolar ha terminado y Mame tampoco tiene más obligaciones reales para hoy que la de engolosinarse de amor. Su piso sólo está a medias amueblado. Mame lo recibió de su familia y sus ingresos y su vida no han sido suficientes aún para llenarlo, así que toma objetos de la vida diaria (dibujos, afiches, objetos encontrados) y les da el valor de pequeñas obras de arte. ¿Es Ignacio otro objeto encontrado? Ignacio es guapo y serio como un soldado de los años cuarenta; Mame es alta y huesuda y tiene un extraño atractivo, casi en el límite, por el que ella misma se pregunta obsesivamente, del que duda en los días buenos y que la hace sentir extraordinariamente frágil en una capa muy secreta de su vida. «Es una belleza askenazí», dice el más poeta de todos nosotros, los narradores (ya lo identificaréis), en referencia a su melena leonina, a su nariz recta y grande y sus pómulos abultados. Desde hace un año, Ignacio y Mame son amantes primero y más o menos algo después. La noticia de «lo suyo» (el entrecomillado es un guiño al hablar irónico de los institutos, recordadlo) ha circulado en este tiempo como una insidia, por algunos lugares sí y por otros no. Los amigos de Ignacio están informados por fuentes indirectas, igual que los compañeros de claustro de Mame. Los dos amantes ignoran si habrá consecuencias por ello. Cuando se encuentran en la cama, Mame se pregunta si está cometiendo una irresponsabilidad por la que habrá de pagar, pero, para ahuyentar al miedo, toma una actitud retadora y mira a Ignacio con un gesto que a él le hace pensar en las caras de los toreros. Entonces él se acuerda de su padre, que era un aficionado a los toros, y le viene un momento de melancolía. O sea que los dos se enredan con una parte secreta de tristeza. Bueno, da igual, habrá que hacer el amor.

Habrá que hacer el amor a estas horas de la mañana en la que el piso vecino no hace la competencia. ¿Nos permitís una pequeña divagación? En Torres Blancas hubo siempre algo así como una secreta cultura del cancaneo. Seguro que estáis enterados de que tuvimos un restaurante en la última planta que estuvo abierto hasta el año 1984 (todos habéis leído en algún sitio que había un ascensor pasaplatos por el que el restaurante podría servir a los pisos; en realidad, no funcionó nunca y no vamos a gastar muchas líneas más en este asunto un poco penoso). Y hubo siempre un problema con el restaurante: los clientes llegaban hasta el comedor en los mismos ascensores que empleábamos los vecinos, lo que llevaba a un trasiego, ¿cómo llamarlo?, a un trasiego disoluto. En los edificios de viviendas tan grandes como el nuestro es difícil mantener el orden y no es extraño que un piso de la planta 6, vecino al de Mame, se convirtiera en lo que los vecinos apodamos «el dúplex belle de jour». O sea, un prostíbulo de gama media-alta. Sus ciclos son nocturnos y sus trabajadoras son simpáticas, no del todo escandalosas. Pasan las tardes del verano en la piscina de la azotea. Mame, su vecina de al lado, las oye trabajar y las percibe con cierto buen humor, como si habitar junto a un negocio así fuese una pequeña extravagancia que hiciera más divertida su vida, menos plana. No era una época de muchos moralismos aquel junio de 1995, la verdad.

Planta 16. Juan Llovet, el tercer hermano de la saga, vagabundea por su piso de 360 metros cuadrados vestido con un pantalón de deporte Boomerang, la marca blanca de El Corte Inglés, y una camisa de algodón de manga corta que tiene el cuello tan gastado que parece *land art*. Es el poeta de entre nosotros al que nos acabamos de referir, pero esta vez lo nombraremos como un personaje ajeno a nuestra voz. Juan diezma los libros de su biblioteca, elige aquellos que María Siemens habrá de llevarse cuando tenga un lugar en el que vivir con ellos y un momento para recogerlos. Y, en el fondo, le gusta verse en ese gesto de generosidad, como si fuera el personaje de Humphrey Bogart en la escena final de *Casablanca*. Así es Juan: estetiza la vida pero tiende al descuido; se ve y se cuenta a sí mismo en tercera persona, es bueno nuclearmente, pero no siempre consigue hacer el bien a la gente a la que quiere.

En resumen, Juan considera que todo lo que tenga que ver con ensayos, memorias, biografías y vidas noveladas es propiedad legítima de María. En cambio, la ficción, y más cuanto más ficción, seguirá siendo suya, seguirá viviendo en Torres Blancas, igual que los libros sobre música y cine. Los libros de arte y los de filosofía son para ella, los de poesía, para él. Se da cuenta Juan Llovet de que se tiene a sí mismo por un intelectual más juguetón que María, pero la realidad es que su ánimo no podría ser más sombrío, igual que su aspecto. Las dos láminas de Chillida son para él porque las compró por un precio ridículo antes de casarse. En cambio, las cosas mexicanas más bien surrealistas son para ella. Por Dios: María se las puede llevar, que Juan no hará ni medio gesto para convencerla de lo contrario. ¿Qué hará en adelante con esa inmensidad de piso un hombre de su edad, sólo parcialmente autónomo en los asuntos prácticos, asistido por un sueldo normal, soltero y en convivencia con una adolescente embarcada en su gran viaje interior?

Juan Llovet es, de todos nosotros, el vecino que más y más de verdad ama Torres Blancas, el que sería incapaz de imaginarse viviendo en cualquier otro sitio. Ama incluso su decadencia prematura, decadencia física y socioeconómica, igual que se ama a los padres en su vejez. Ahora pone un CD en el sistema Denon que compró en Canarias hace tres años y con el que celebró entonces un efímero momento de esplendor profesional. El disco es la banda sonora de *El cielo protector*, que no podría sonar más apropiada. Juan y María llevaron a Angie a ver *El cielo protector* hace tres años, sin estar bien informados de lo que les esperaba. Estaban especialmente mal informados de la escena de John Malkovich y la prostituta bereber. Juan hizo como que no pasaba nada, María dijo «joder, hostia» fingiendo acento español y Angie deseó tener una familia normal. Después, fueron a comer espaguetis a Alfredo, un restaurante tras El Corte Inglés de Princesa del que Juan creía que era su sitio de la suerte.

Angie acaba de marchar camino de sus exámenes y su padre no ha sido capaz de sondear su ánimo ni de penetrar en él para alzarla ni siquiera unos centímetros. Piensa en que si María estuviese allí, ella le diría que abandonase su autocompasión y cuidara de su hija. Ese ha sido uno de los reproches que habían crecido desde lo general hasta lo particular durante estos años, hasta convertirse en un argumento en el gran relato de su familia. Pero María ya no está aquí y, en lo que respecta a Angie, ni siquiera está ella para dar muchas lecciones ya. La piel de la cara de Juan es blanca-rosada y le ha ganado algunos centímetros al cabello, apartado hacia atrás con cepillo y agua de colonia Álvarez Gómez. Sus ojos son los más claros de entre los tres hermanos, en algún lugar entre el gris y el color de la miel. Es también el más alto y el más macizo, siempre en el límite del sobrepeso. Fuma tabaco negro y bebe todos los días, pero nunca se emborracha.

Escribe poesía con talento y cierta relevancia, pero es el más narrativo de los tres hermanos, el que más gusta de ver la vida como un cuento épico en el que, compadezcámonos de él, Juan es el caballero. De alguna manera, entiende que María se ha marchado porque ya no quiere oír sus relatos, porque se ha cansado de ellos. Su voz es grave, pero la melodía con la que habla es amable. Sus andares son más ligeros de lo que se podría pensar ante su corpachón. Podría bailar con gracia si tuviese el ánimo y si no sonara Sakamoto en *El cielo protector*, sino algún *rock and roll* antiguo. Por ejemplo, Roy Orbison, sí. Ante una hoja en blanco repite su firma como un adolescente y se pregunta cuánta gente será consciente de que ese anagrama es una réplica un poco esquematizada de la firma de su padre. Juan tiene cincuenta y dos años. En unas horas irá al piso de Marina para participar en su película, se armará de distancia de sí mismo y será encantador.

Ahora, nuestro *zoom* se aleja, toma distancia y se dirige hacia la calle. En realidad, Angie no está tan sola. En la esquina de Cartagena se une a ella Jaime, con su cháchara latinoamericana, una voz difícil de ubicar, más adulta que adolescente, llena de noticias sobre el terrorismo de Sendero Luminoso, el maoísmo, los conflictos raciales y el nuevo populismo de derechas (¿cuándo no es nuevo?), que para Angie son como el ruido blanco que llega desde la autopista hasta su casa. Jaime llegó a Madrid hace un año en una especie de exilio político-familiar de baja intensidad. Sus padres dejaron Lima de un día para otro, hostigados por el triunfante poder de Alberto Fujimori y Vladimir Montesinos, del que habían sido enemigos públicos y más o menos notorios. Juntos se habían instalado en el desclasamiento de Madrid. En Lima disponían de servicio y de dos salones. En Madrid habían caído en las calles de clase media-baja que rodean a nuestras Torres Blancas y habían emprendido una vida difícil de encajar en su escala de clases sociales. Buen colegio, mal piso, modales de caballero, día a día precario... Jaime viste con una formalidad anacrónica, habla del atentado de Tacna, del fútbol peruano y de los libros de su tocayo Jaime Bayly. Por eso, por la afición a Bayly, algún compañero de clase con acceso a los suplementos culturales le ha atribuido la condición de homosexual agazapado. ¿Algunos de los que nos leéis fuisteis adolescentes en los años noventa? A veces dudamos de que existiese otro tema en la conversación entre los adolescentes que ese, el de la homosexualidad insidiosa. Las notas de Jaime en España han sido excelentes. Su amistad por Angie es reciente, data de la primavera y también es paradójica: Jaime tiene cuatro hermanos y siente fascinación por la condición de hija única de su primera amiga española, igual que Angie se siente asombrada por la vida llena de gente en la que habita Jaime.

Los dos son dos niños total o parcialmente latinoamericanos, son dos solitarios que se reconocieron en algún momento como semejantes. Los dos carecen de experiencia sexual relevante. Su vínculo ha avanzado con timidez. ¿Le gusta Angie a Jaime? Sí, claro que sí. ¿Hubo una sola amistad íntima entre chica y chico que no incluyese una parte de doloroso enamoramiento también encubierto? La amistad y el enamoramiento son realidades en conflicto, pero no incompatibles, que es lo mismo que habría de decir un papa alemán del futuro sobre la religión y la filosofía. Jaime, además, está informado de que la sexualidad de Angie es un campo minado en el que es mejor ir con cuidado.

Algo más: un Opel Kadett blanco entra en el garaje de Torres Blancas. En su lateral está impresa una leyenda en letras cursivas y sin palo: Air Bissau. A su conductor lo conocemos como Capitán Henrique, con H porque es portugués y «capitán» porque es piloto de aviones. Una mujer lo acompaña. Se llama Silvia. Henrique y Silvia son los padres de Victoria, la amiga de Angie en la infancia que murió en julio pasado en Torres Blancas. Y nosotros habremos de proseguir con esta historia a través de ese hilo, pero no todavía.

2

Dejad que nos engolosinemos de nosotros mismos en unas pocas líneas, que nos citemos muy brevemente.

Entre otros, somos:

El Navarro Loco, empresario del sector *import-export*, famoso por haber mostrado dos veces una pistola en medio de conversaciones banales y amistosas. Lo hizo, por tanto, por jactancia, no porque se sintiera amenazado. Padre de tres jóvenes entre los que destaca un mochilero profesional, ya veinteañero y de nombre vasco, que cada cierto tiempo vuelve a casa y provoca la conmoción de varias vecinas y algunos vecinos.

El Susurrador, antiguo niño de la guerra hispano-soviético, su mujer de 183 centímetros de fachada y sus hijos tenistas. El Susurrador fue educado en Cuba y regresó a España en los años setenta para trabajar en una empresa mixta también hispano-soviética que atendía a la flota pesquera de la URSS. Una de sus funciones consistía en visitar en comisaría a los marineros rusos (rusos, similares y todo lo contrario) que solicitaban asilo político en las comisarías de Las Palmas de Gran Canaria y Santa Cruz de Tenerife de manera que unos minutos de entrevista bastaban para que los prófugos de la Revolución se retractaran, declararan que todo había sido un error, una mala noche de alcohol. Alguien le ha atribuido el papel de mafioso estatal.

Los Peluqueros Buclé, conocidos por vestir como si fueran los miembros de ABBA y porque dos veces han denunciado confusos allanamientos de morada que el vecindario ha juzgado con sospechas y rumores maliciosos sobre su vida sexual. Se ha dado por hecho, por decirlo más claramente, que los asaltadores eran amantes de la pareja. Es notable el Volvo 240 de color *beige* que conducen.

El piloto y la azafata, a los que se oye discutir con aspereza y hacer el amor con gran locuacidad a través de algún conducto vertical que convierte nuestro edificio en una caja de resonancia, como quizá ya hayamos dicho. Su piso, enmoquetado en un violeta color uva, está lleno de piezas de artesanía africana, de pieles de cebra y de figuras de marfil.

Las Dos Mujeres de Gris, conocidas porque ya han comprado tres pisos en el edificio en los últimos años y porque los han reformado como si fueran apartamentos en Mallorca. Una de las mujeres pone el capital y la otra es la que conoce el oficio de las reformas. El aspecto de las dos es severo, igual que su trato. Su manera de conducir las obras y las negociaciones es temida por contratistas y mediadores. Pagan abundantes propinas al portero del edificio para estar bien informadas sobre los pisos que quedan desocupados antes de que salgan al mercado. Son odiadas por los vecinos, pero su llamada es deseada secretamente por todos. Quién está libre del pecado de la codicia.

El Judoka, ciudadano japonés, dueño de un gimnasio de artes marciales en la calle General Oráa cuyo mejor momento coincidió con el *boom* de las artes marciales una década atrás. El Judoka es conocido por su cortesía extrema, pero también por una tendencia a la autopromoción que hace huir a sus vecinos de su compañía. En su familia tiene un lugar destacado su hija mayor, pionera del toples en la piscina de Torres Blancas, extraordinariamente morena de piel y extraordinariamente desafiante para la idea que la mayoría de nosotros teníamos de las japonesas.

El Artista con Sida, admirador de Francis Bacon, impecable y caballeroso, autor de lienzos que retratan escaparates antiguos según las maneras de Alfredo Alcaín y Amalia Avia y, desgraciadamente, dirigido a una supervivencia precaria y solitaria, además de algunas caras de pánico de parte de sus vecinos. De nosotros.

El Arquitecto Pesado, colaborador de Francisco Sáenz de Oiza en las obras del edificio y caja negra de su memoria. Cruzarse con él en el portal es un calvario porque tiene la necesidad urgente de explicar que los de Huarte hicieron una chapuza con nosequé encofrado, mira cómo quedó el hormigón, yo se lo decía a Paco pero Paco estaba en las cosas del arte… Aunque no ha llegado nunca a mostrar su arsenal, es sabido que también está armado. Su aspecto es extremadamente viril, con la cabeza rapada y el tórax hinchado. Su mujer y sus hijas abandonaron Torres Blancas hace años.

La Fantasmal Viuda del Cocinero Suicida del Palace y sus tres hijas, conocidas como Las del Kohl por su manera de maquillarse. Del Cocinero Suicida del Palace es importante explicar que perdió su trabajo por una discusión profesional con su director en la que básicamente tenía razón, pero para la que le faltó paciencia. Después abrió un pequeño restaurante, apenas una taberna de platos exquisitos en la tradición vasco-navarra, para el que contó como socio con un probable traficante de drogas milanés. El restaurante llevó el bonito nombre de Lilas Pastia. El cocinero se mató de una sobredosis en su piso de Torres Blancas antes de que estuviera claro si iba a tener éxito o no. El hecho de que su familia no haya abandonado la vivienda impresiona mucho, la verdad.

El Rollinga, cantante de *rock* argentino llegado a España en los años ochenta y reciclado en productor de música para publicidad. Su contacto con la realidad parece frágil, pero no lo es tanto si consideramos que tiene una relación secreta con la hija del Judoka. El enamoramiento le ha hecho volver a escribir canciones y a ponerlas en el escaparate. El Rollinga está animado también por el éxito reciente de Los Rodríguez y por la intuición de que un hueco puede haberse abierto en el mercado para él.

Los Gitanos, que, en efecto, son gitanos. Son una amplísima familia reunida en torno a un guitarrista de cierto éxito que festeja sus triunfos y sus fracasos con pequeñas verbenas en las terrazas circulares de su piso. En ese elenco destaca la mujer del guitarrista, que no siempre pero sí a veces parece una actriz italiana de los años cincuenta y sesenta y que deslumbra a algunas vecinas con su elegancia un poco trágica. Lo de trágica es porque nadie cree que pueda mantener su dignidad a largo plazo, pero quién sabe.

Los Opusinos, cinco familias de cargos medios de Huarte y allegados, ingenieros de caminos y economistas, profesoras de colegios privados y amas de casa que accedieron a pisos de Torres Blancas en buenas condiciones y que en las juntas de vecinos actúan como un pequeño bloque de poder, censurador en cuestiones de convivencia y moral sexual y legendariamente tacaño en asuntos de mantenimiento. Entre las cinco familias suman diecinueve hijos que están entre los tres y los veintitrés años. Cinco de ellos son alcohólicos adolescentes.

Los Ex Opusinos, una familia de antiguos miembros de la comunidad de seguidores del padre Josemaría, emancipados de la comunidad por las malas y convertidos hoy en vecinos huidizos, indescifrables y engrisecidos.

Los Jesuíticos, otro núcleo de cuatro familias, muy parecidos en sus valores y en su estética a los opusinos, si acaso un poco más ligeros en el trato, pero enfrentados a estos visceralmente.

El de la Gestoría del Tercero, dueño y director de una oficina hiperpoblada por administrativos irónicos, malhablados y militantes en su eterna guerra contra las normativas, las colas y los procedimientos. El trato que le dan al piso que ocupan como oficina es aterrador: los suelos de plástico, los muebles baratos de oficina, los cartones enteros de tabaco rubio que son consumidos cada mañana y tiñen de marrón las paredes, los mensajeros que dibujan pollas en las paredes de los ascensores, el aire de desdén general. Años después, un reportaje de Telemadrid sobre nuestro edificio buscó declaraciones de los vecinos y el de la Gestoría del Tercero dijo: «Vienen muchos estudiantes de arquitectura a ver esto, sí. Parecen tontos, macho».

La Crítica de Música Clásica Tartamuda y su esposo y secretario. Ella es una dama de setenta años, aún de rasgos dulces y huesos largos, pianista, antigua profesora, después, editora de libros sobre música clásica en la empresa de su padre y fundadora de Radio Clásica, donde, pese a su tartamudez, dirigió un programa en el que sus textos eran locutados por un administrativo vallisoletano que se convirtió en su marido. Sobre su tartamudez, debemos aclarar que no consiste en el clásico tar-tar-tar-tamudeo, sino en algo así como un taaaaaaaa (pausa) aaaa (pausa) aaartamuuuu (pausa) uuuu (pausa) deo que hace pensar en la música atonal, en Fluxus y en esas cosas. En cambio, sus gustos, en el fondo, son más clásicos y llevan hasta 1910, no mucho más allá. En su corazón guarda un encuentro con Ataúlfo Argenta, que le dijo que podría enamorarse de ella perfectamente. Sus hijos han marchado ya de casa y la pareja, un poco más conservadora en su aspecto y modales que la mayoría de los habitantes, espera muchas noches a un taxi que habrá de llevarla al Auditorio Nacional.

El Croata que se parece a Orson Welles en *El Tercer Hombre*, del que ya hablaremos.

La Gritadora, la señora de cincuenta y cinco años solitaria pero perfectamente bien vestida y pulcra, cuyo trastorno bipolar la llevó en otras épocas a jugar imprudentemente en varios casinos de Francia y a tener una vida amorosa caótica y no siempre feliz, pero que acabó en Torres Blancas como náufraga en una isla desierta. En los días de marea alta de litio, se desahoga dando gritos al vacío, insultos expresados con perfecta dicción y con extraños referentes, intelectualmente sofisticados y un poco dadaístas, del tipo: «El puto Foucault. Madame Butterfly. Maricón de mierda». Sólo sus vecinos contiguos llegan a oír esos delirios como una resonancia en un sueño desagradable, un poco menos que una pesadilla, pero un poco peor que la realidad de hormigón de Torres Blancas.

3

Ya sabemos que presentar a las personas desde sus paradojas es un tópico, pero allá vamos. Tres veranos atrás, cuando tenía quince años recién cumplidos, Angie Llovet Siemens era una niña demasiado infantil y a la vez demasiado madura para el mundo. Su entonación y su aspecto aún asexuado eran los propios de una criaturita preadolescente. No cuestionaba a sus padres en nada importante, no iba contra sus normas, que en realidad eran bastante laxas, y sentía una especie de pudor un poco incómodo ante las transgresiones de sus compañeros de clase. Por eso os decimos que era una niña demasiado infantil para las personas que la rodeaban y demasiado madura para sí misma. Miraba al mundo de los adolescentes y entendía lo que había en él de carnavalada idiota. Su manera de distanciarse de aquellos dramas consistía en aferrarse a su niñez. Veía los Juegos Olímpicos de Barcelona con ojos de niña redicha. Aparentemente, lo que la satisfacía era la imagen de España en el mundo, más que las medallas de Fermín Cacho. Le gustaba la política y el

Real Madrid, pese a haber crecido en una familia indiferente al fútbol.

Se dejaba vestir por su madre en El Corte Inglés, evitaba las extravagancias como el que evita a las cucarachas, dormía con un peluche, tenía una letra puntiaguda y pequeña, veía Beverly Hills 90210, dibujaba formas geométricas mientras hablaba por teléfono, escuchaba Radio 3 para sentirse especial, leía dos y a veces tres periódicos al día y algunas revistas femeninas además de Cinemanía, iba al cine sola, sacaba buenas notas y empezaba a desarrollar una mirada irónica y distante hacia el mundo. Ya hablaba en tono muy bajo porque temía sonar redicha, porque ya había intuido que podía resultar antipática por sabihonda. Aquel verano de 1992, su madre le dio un cachete un atardecer. Le dio dos, en realidad. En la terraza de su piso de 360 metros cuadrados de la planta 14. Y ese habría de ser un recuerdo para siempre. Angie había dicho algo presuntuoso, había nombrado a dos compañeras de clase como a dos niñas incultas y «básicamente despreciables» y María Siemens se encolerizó con esa fórmula aprendida quién sabe dónde, con eso de «básicamente». Le cruzó la cara, haz y envés, con una mano libre de anillos, por lo menos eso. Angie no recordaba haber sido abofeteada así por sus padres nunca. Se detuvo el tiempo. Fue consciente del puñetero ruido blanco de la autopista y de los aperitivos que estaban preparados en la mesa de la terraza. Queso, aceitunas, patatas fritas. Su reacción consistió, «básicamente», en huir a su cuarto y llorar la humillación, ¿qué esperabais de una niña de quince años?, pero una pequeña parte de Angie intuyó que aquellos dos bofetones hablaban de su madre más que de sí misma.

Su padre fue a consolarla a su cuarto aquel día, a mediar con palabras amables, con ese discurso conciliador que le parecía brotar como brota el agua de la tierra en el monte. Estas cosas pasan, lo importante es que nos queremos, ya sabes quién es mi nenita querida. La acunó en sus brazos y dejó que llorara y que se victimizara un poco. Angie adoraba a Juan Llovet, adoraba su manera de contar la vida como gran cuento lleno de personajes geniales, pícaros, extravagantes y absurdos y le encantaba la manera en que él mismo se ponía fuera de la acción, como un narrador cabal y bondadoso, como un ingeniero y como un poeta, como un cristiano sin fe que seguía siendo compasivo con el mundo… De alguna manera, Juan también estaba en la ironía que fascinaba a Angie a los quince años, pero conservaba un fondo de dulzura que la reconfortaba. Juan era irónico pero era bueno. Juan era bueno porque era irónico. Nosotros nos entendemos.

María, en cambio, era una presencia mucho más inaccesible para su hija. María era una madre solitaria, tan joven que podría ser una hermana mayor, extranjera, una mexicana hija de alemanes, difícil de ubicar para los españoles, más bien desconectada de sus propios padres y hermanos, rodeada de algunas amigas aún más jóvenes que ella cuya mirada intimidaba un poco a Angie. María había tenido a su hija con veintiún años, con la carrera de Filosofía a medias. Cuando se quedó embarazada, dejó los estudios y se instaló en el inmenso piso de Torres Blancas de Juan, sola durante muchas horas del día con un bebé que ni siquiera era muy demandante. Vivía María como la princesa olvidada de un cuento. Con Angie fue una madre afectuosa a veces y esquiva en otras ocasiones. Volvió a la universidad cuando su hija tenía diez años y se aficionó al *Ajoblanco* de los años noventa que compraba en el quiosco de avenida de América y que su hija miraba en 1992 con una distancia un poco conservadora. Demasiados hombres en sandalias para su gusto. Después, María se convirtió en profesora y empezó a dar clase y a preparar un largo doctorado sobre arquitectura, tiempo y fenomenología (Juan Llovet nunca llegó a entender aquella investigación) y a ampliar su mundo, a hacer amigas, a recibirlas en aquel piso gigantesco que se convirtió en lugar de estudios para sus compañeras de licenciatura primero y de doctorado después, todas sofisticadas y transgresoras, atractivas pero incomprensibles para Juan e inaccesibles para Angie.

María también era una mujer atractiva, con su pelo ensortijado castaño y su cuerpo de nadadora, embarazosamente vestida (embarazosamente para su hija y para su desangelada cuñada Marina) con prendas digamos que románticas más que *hippies*: unos aros en las orejas, una blusa de cuello grande, una falda de mucho vuelo y motivos hindúes. Era seseante en el hablar y fumadora y transmitía alguna forma de tensión en los ojos, como si su interior fuese una presa demasiado cargada de agua. Cuando Angie tenía quince años, ya era evidente para ella que su madre causaba la estupefacción de sus compañeros de clase, hijos de señoras y señores difícilmente considerables para el deseo. Ese año, en primero de BUP, empezaron los comentarios obscenos sobre María en el entorno de Angie. Después llegaron las comparaciones entre la madre irresistible y la hija irrelevante. Todavía irrelevante, no lo pases mal, Angie, que pronto habrá tu cuota de deseo para ti.

Dos años después, el rumor que corrió era que la madre de Angie iba a discotecas con veinteañeros, que tomaba cocaína y que tenía amantes. En la puerta de los baños hubo pintadas:

«La madre de Angie Llovet está buena». «La madre de Angie come pollas». «Come coños».

Angie temía a las amigas de su madre que llegaban para trabajar con ella en el estudio de la segunda planta del piso de Torres Blancas. Había una mujer alta y masculina que tocaba el piano y le transmitía la culpa de ser una niña rica, criada entre algodones. No era justo y no era cierto, Angie no era rica. Había una mujer bilbaína que se presentaba como bruja buena y que quería leerle el tarot (Angie la rehuía) pero que tenía un sentido extraordinariamente pragmático de la vida. Según una anécdota mil veces contada, consiguió que El Corte Inglés le devolviera el valor de una lavadora que estuvo utilizando dos años. Había una mujercita que debía de medir 155 centímetros y de pesar 45 kilos, silenciosa e invisible, pero a la que se le atribuía una autoridad intelectual feroz. Había otros personajes secundarios, incluidos algunos hombres que vestían modernas representaciones de la caballerosidad a la antigua: chaquetas de *sport* y corbatas de lana, Levi's 501, zapatos castellanos. ¿Cuál era la verdadera relación de aquellos compañeros de estudios con María, su madre/hermana mayor de Torres Blancas? Nosotros lo sabemos: era, en esencia, honesta, pero eso no lo podía entender Angie y las pintadas en los baños la comían por dentro.

Angie había ido a un colegio alemán de Chamartín, un centro pequeño, discretamente burgués pero más o menos progresista en un mundo que no se interesaba mucho por las clases sociales ni por la política. Algunos de sus compañeros eran hijos de alemanes y entre ellos tendían a hacer pequeñas sociedades en las que Angie no llegaba a entrar. Angie sólo era nieta de alemanes (alemanes-mexicanos) por vía materna, pero incluso ese vínculo era débil. Con su madre nunca habló en alemán y a sus abuelos de Ciudad de México los había visto cuatro o cinco veces y no le gustaban del todo. El idioma, enseñado obsesivamente a través de estructuras sintácticas y morfológicas, *Dativ, Akkusativ, Nominativ, Genitiv*, le parecía más bien inhóspito, aunque había detectado una música del alemán, una secreta dulzura que aparecía a veces en la melodía de algunas profesoras y que la reconfortaba. Angie era una estudiante que necesitaba poco para salir adelante. Entendía los conceptos en las materias de letras y se manejaba instintivamente en asuntos de cálculo. Ese no fue su problema. No hasta noviembre de 1994.

Nieves había sido la amiga que había acompañado a Angie desde los cuatro años en el colegio. No le había hecho falta mucho más a Angie. Juntas se acoplaban bien, porque Nieves era un poco dominante y también vitalista y alegre, y así suplía la melancólica tendencia al conformismo de Angie. Nieves era pícara, Angie era imaginativa; Nieves era desafiante, Angie era cariñosa; Nieves era ruidosa, Angie era pudorosa. Nieves tenía tres hermanos que vivían casi hacinados en un piso más aparente que cómodo de Pío XII, mientras Angie estaba sola. Sin embargo, la familia de Nieves se presentaba ante el mundo con una dignidad impecable que Angie envidiaba. Fue la madre de Nieves la que se empeñó en llevar a las dos niñas a una escuela de *ballet* en Chamartín. A Nieves le encantaba ir a Torres Blancas, al piso de su amiga; a Angie le encantaba la familia de Nieves, tan áspera pero unida y alegre. Nieves era una superviviente nata entre ellos, pero también era una amiga generosa. De niña identificó a Angie con el nombre de Juliette, por el personaje de unos dibujos animados (sí, los de D'Artacán). No podía haber un apodo más amoroso, un emblema más generoso para su amor de amigas.

1992 fue el año de la quiebra de esa amistad. Un día estaban ante el televisor viendo el baloncesto del Dream Team como dos niñas obedientes (simpatizaron durante todo el torneo con la selección de Lituania, por Arvydas Sabonis y sus uniformes multicolores); y, al siguiente, la frialdad era imposible de ignorar.

En la infancia, Nieves y Angie habían hecho una pequeña sociedad aparte del mundo, un vínculo que las permitía ignorar la obsesión por el estatus de los niños y los preadolescentes. Juntas se bastaban, juntas se protegían y juntas veían el mundo de sus compañeros de clase con secreto desdén. Nieves siempre estuvo más abierta al mundo, estuvo mejor preparada para traer información desde fuera de su sociedad e interpretarla socarronamente: quién iba maquillada a clase, qué pareja de amigas había pasado del amor al odio, quién bebía y quién fumaba, quién se enamoraba de quién... Angie recibía esa información con su manera de estar en el mundo en tercera persona y aplicaba sobre los personajes de su novela la ironía que aprendía en su sobreexposición al mundo de los adultos, en los periódicos que leía y en las críticas de las películas que no llegaba a ver. Para Angie, eso era suficiente. No se daba cuenta de que su amiga necesitaba algo más.

En octavo de EGB, Nieves descubrió que tenía un talento natural para el coqueteo. Su piel era blanca y pecosa; su pelo era tan negro que parecía casi azulado y su cuerpo se había desarrollado pronto. A ella le dolía no haber crecido cuatro centímetros más, pero para los chicos de su clase estaba bien así, con su actitud pícara y sus vaqueros recortados en verano. Al principio, a Angie le divirtió el superpoder que su amiga había desarrollado. Tardó en darse cuenta de que la cosa iba en serio, de que el deseo de Nieves de estar en el mundo de los enamoramientos, las discotecas y la lucha por el estatus adolescente era real, no era una parodia. Y aquella era una pelea para la que Angie no se sentía preparada, una pelea que despreciaba y que anhelaba a la vez. Un día, tras una tarde de vagabundeo por la ciudad, Nieves llevó a Angie al encuentro de dos compañeros de clase que saludaron a las amigas con dos besos. Dos chicos normales, ni muy buenos ni muy malos, ni listos ni tontos. Uno medio guapo y el otro un poco menos.

—Nos vemos todos los días y ni nos saludamos y aquí nos dais dos besitos —dijo Angie con ese retintín que ella misma llegó a odiar más que nada en el mundo.

Al cabo de unos minutos, Angie se aburrió del teatro del tonteo. Le dijo a Nieves que quería irse a su casa y Nieves le dijo que adelante, claro, que podía irse, no con aspereza pero sí con incomodidad. Así que Angie, ignorante de los códigos de la lealtad y de que la sexualidad puede ser el abismo, se vio a sí misma recorriendo el barrio de Prosperidad en un anochecer de invierno de los no muy seguros años noventa, mientras que su amiga se quedaba sola con dos pimpollos vestidos con camisas de cuadros de inspiración MTV en la puerta de una discoteca para adolescentes de la calle Pradillo. Los chicos no fueron del todo invasivos, pero la tarde acabó con un feo reparto de famas. A Nieves le quedó la inevitable palabra de las cuatro letras, que encajó con actitud desafiante. «Si me llamáis puta, preparaos para una guerra que voy a ganar». En cambio, a Angie le cayó un velo más difuso, pero que tendía a sintetizarse en una frase: Angie era lesbiana, estaba enamorada de su única amiga y esta la había rechazado. ¿Quién había formulado esa frase? Quizá se construyera colectivamente, de modo que cada compañero de clase fuese añadiendo una palabra. Es sabido que Nieves no hizo ningún esfuerzo por desmentirla cuando llegó a sus oídos. Primero asintió y después quiso decirle al mundo que qué les importaba eso. Pero ya fue tarde.

En segundo de BUP, Nieves y Angie trataron de alargar su amistad igual que pelean las parejas por seguir juntas pese al desamor y el aburrimiento. En enero celebraron el cumpleaños de Angie en el cine. Vieron *Drácula* de Coppola en Pío XII y tomaron una hamburguesa en el Bob's que vosotros habéis conocido como McDonald's. Nieves le regaló a Angie un top blanco lleno de complejas tiras, una prenda de verano ante la que Angie se sintió un poco incómoda. Al siguiente verano, estuvieron dos meses y medio sin apenas noticias la una de la otra. Ese verano fue para Angie un vacío de días iguales unos a otros, solitarios, no del todo ingratos, pero llenos de presagios de un tiempo difícil. Torres Blancas se convirtió en el castillo de la princesa encerrada. De vuelta al colegio, Nieves estaba en otro lugar al de Angie, otro lugar en el que nuestra vecina no podía estar y en el que, por orgullo, ya tampoco quería estar. El ensimismamiento de Angie era una cuestión de estoicismo, pero sus compañeros de clase no lo veían así. Su soledad, creían, era una consecuencia del terrible sistema penal adolescente, la condena justa a un mal moral sin apelación posible. Estás sola porque lo mereces, Angie.

4

Fue Jaime González Reboa el que, de camino al tercer día de los exámenes de Selectividad, le anunció la noticia del atentado de la FNAC de Callao, aunque lo hiciera a través de su parloteo no siempre comprensible, de su voz limeña y aguda en la manera en que sonaba limeño y agudo Mario Vargas Llosa, su ídolo, por supuesto, entonces aún joven pero melancólico después de las elecciones de 1990 y sus memorias *El pez en el agua*. Por su parte, aquel Jaime adolescente tenía una habilidad para que pareciera que todas las conversaciones estaban ya empezadas, de modo que hablar con él era como incorporarse a un flujo de palabras que no empezaba ni terminaba nunca, a un monólogo divertido en los días buenos, pero un poco absurdo y desquiciante en los malos.

—Como no pudieron parar el auto donde el banco de Crédito, lo dejaron caer por la calle Tarata y el senderista se apeó y el auto estalló en cuarenta segundos y en mi casa, que estaba a 550 metros contados de José Larco, se rompieron los vidrios, con eso te haces idea, los cristalitos rotos en la moqueta, el marco del cuadro de Camino Brent roto como si le hubiera pasado un terremoto, y ahora me vengo al otro lado del mundo para qué.

Jaime hablaba del atentado de Tarata de junio de 1992, que fue como una pequeña bomba atómica en su pequeño mundo limeño; muchas veces en tres meses le había narrado a Angie aquel trauma en su vida, hasta el punto de que Angie le encontraba algo cómico en su mitomanía. Pero esta vez intuía que, en su ensimismamiento, había pasado algo verdaderamente importante. Tomamos un texto periodístico posterior, de la época de la sentencia: «El 8 de junio de 1995, un comando de ETA sustrajo un vehículo estacionado en la avenida del Doctor García Tapia y sustituyó su matrícula por otra doblada. Después, los terroristas instalaron en el vehículo un artefacto explosivo elaborado por Arri Pascual, compuesto por 60 kilos de amonal y 5 kilos de un explosivo de alta potencia, Hexogen, utilizado como multiplicador. También utilizaron dos bombonas de gas "al objeto de incrementar la potencia del coche bomba y ocasionar un incendio en las deflagraciones". Una vez elaborado el artefacto, los miembros del comando colocaron el coche bomba en la zona peatonal de la calle de El Carmen, a la altura de la FNAC, y lo hicieron explotar a las 7:15 horas, lo que originó un incendio en los grandes almacenes y causó la muerte del agente de policía municipal Jesús Rebollo García y lesiones a 23 personas, ocho de las cuales eran policías nacionales. El atentado fue reivindicado por ETA a través de un comunicado en el diario *Egin*, en el que explicaba que el objetivo era el establecimiento comercial de capital francés. Desde que el Gobierno de Francia había intensificado la presión policial contra la banda y la colaboración con las Fuerzas de Seguridad del Estado, ETA había dirigido varios atentados contra intereses franceses en España».

La carga del atentado de Tarata era de entre 400 y 500 kilos de ANFO mezclada con dinamita. No somos capaces de comparar el amonal con el ANFO, pero los efectos de la explosión en Lima fueron obviamente más brutales. Nos estamos desviando, perdón.

Tampoco vamos a fingir que nuestra Angie fuera en ese verano de 1995, en ese largo verano del ensimismamiento y la autocompasión, una adolescente hipersensible ante la violencia y el sufrimiento ajeno, ni mucho menos vamos a pretender que fuera una persona política. La brutalidad del atentado, igual que la lamentable muerte del agente Rebollo, sólo pasaban por su cerebro como una nube oscura que cubre el cielo durante unos segundos. ¿Tenía alguna conciencia política nuestra Angie? No, en realidad no, y no habría de desarrollarla hasta la crisis de 2008, como tantos chicos de su edad. Sus opiniones no eran tales sino intuiciones, respuestas intuitivas, casi siempre basadas en el rechazo. La codicia le avergonzaba, pero el proselitismo ideológico no le parecía menos grave. Le aburrían los *hippies*, los cantautores de la generación de su padre, huía como de la muerte del viejo salido que vendía periodicuchos trotskistas en el Café Barbieri, sentía un pudor horroroso ante los veinteañeros trajeados de Azca que arrastraban la cultura de los *yuppies* cuando ya habían pasado de moda sus códigos y su moral, y tenía un desagrado instintivo hacia los chicos buenos y patilludos y hacia sus novias un poco insípidas que se habían identificado con la nueva mayoría del Partido Popular... Le divertía una entrevista que leyó en un *Ajoblanco* de su madre de Antonio Escohotado en la que mezclaba ideas transgresoras, ironía desgarrada y delicadezas burguesas, pero todavía era muy joven para articular esa mezcla en forma de un pensamiento político. Y, por resumir un poco, aceptaba el marco moral de sus padres, más bien socialdemócrata, un poco cristiano, basado en ciertas ideas de humanismo y confianza en el otro y en el arte y la educación.

Veía el mundo como un *collage*. Un *collage* de intuiciones, conocimientos, emociones y personas que a veces conectaban en destellos de sentido, pero que no llegaban a estructurarse.

De modo que los estantes de la FNAC, inaugurados en diciembre de 1993, a tiempo para ser regalada con discos compactos de Suede, Pearl Jam y Los Secretos, eran como un *aleph*, como una representación del mundo. ¿Qué es una biblioteca sino un inmenso *collage* de personas, fantasías y relatos? Durante los siguientes veranos, Angie peregrinó muchas tardes de soledad hacia Callao. El aire acondicionado era un refugio, igual que la moqueta gris y la compañía anónima de otros adolescentes varados que curioseaban entre libros de Anagrama de la colección de compactos: Kureishi, Marías, Gopegui, Barnes, Kiko Amat, Bukowski, Amis,

Sharpe… Eran más los chicos que las chicas, y ese era un aliciente, aunque la mayoría de esos chicos fuesen más bien decepcionantes. Granulientos, mal vestidos, incómodos en su manera de presentarse al mundo… Actores sin pulir, y Angie, de la que ya hemos dicho que era una observadora nata, no podía dejar de darse cuenta de ese mal acabado.

¿Estaría ella también mal acabada? Nunca se sabe cómo nos perciben los demás, le había dicho Juan, su padre, un día; ni siquiera aquellos que nos aman. Eres bonita, Angie, no te preocupes, eres bonita y, además, expresas algo que apenas puede decirse. Ojalá nos hubieras escuchado entonces, aunque probablemente hubieras rechazado nuestro afecto con un gesto de timidez mezclado con soberbia.

Nos estamos desviando otra vez, perdón. No es fácil ser un nosotros narrador.

El hilo que queríamos tomar era este: de modo que los estantes de la FNAC eran una referencia vital para Angie, eran una imagen del mundo, y saberlos destruidos por el amonal la desmoralizaba, ahondaba en el peso de su orfandad: abandonada por su amiga, negada por su grupo, extraviada por su madre, abandonada por su antigua habilidad académica y, ahora, expulsada de su lugar en el mundo, y todo eso, camino del examen de Selectividad de 1995, en compañía de un muchacho peruano que le recita «Salida de la bella horrible Lima», versos de José Agustín Goytisolo.

(A Goytisolo, perdón por la presunción torreblanquina, Angie lo conoce porque un día estuvo cenando con sus padres en la terraza de su piso; fue amabilísimo con ella, le habló de su hija y le transmitió una forma irónica de desesperación que le causó mucha simpatía. También lo conoce porque siempre se fijó en un libro suyo en cuya portada aparecía el plano de Barcelona sobre un fondo negro. Eso le gustaba mucho).

Selectividad había sido un asunto penoso desde el primer día, un deambular entre masas de semejantes que le parecían a Angie malos actores, como si interpretaran a los actores que los interpretan a ellos. Los chicos del edificio y Jaime le ofrecieron algo de conversación y de cordialidad entre parterres secos y pitillos en el suelo, algo de calor a su manera parca e irónica, propia de los chicos, pero nada habría sido suficiente para la sensación de fracaso de Angie. Hoy, por fin, se acaban los mundiales de la adolescencia. Los exámenes de Filosofía y de Literatura son una especie de desquite, de lucha por el honor. Angie se desmoronó en el examen de alemán, un extraño momento en el que se unieron en tres aulas de la Escuela de Arquitectura todos los estudiantes que habían preferido el alemán, el francés y el italiano antes que el inglés (un profesor vestido de caballero milanés vigiló el examen por el método de sentarse a leer el *Corriere della Sera* en una silla). Su alemán sólo era mediano, pero no tan horrible como pareció aquel día en el que empezó a dudar de palabras que siempre había escrito sin tener que pensar en ellas: *flughafen*, *advokat*... En Matemáticas salvó los muebles, en Lengua estuvo bien porque los análisis sintácticos los hacía con el piloto automático. En Historia del Arte y en Historia se perdió en divagaciones pedantes y sin sentido, más dirigidas a demostrarse a sí misma que era alguien diferente que a dar a los examinadores lo que ellos necesitaban. Angie sabía que su pequeña reserva secreta de soberbia la había condenado.

En unas horas, habría de enfrentarse a los exámenes de Literatura y de Filosofía. En Literatura, la cita sería con Rafael Sánchez Ferlosio, con un fragmento de *El Jarama*. En Filosofía, con «Biología y ética del amor propio», de Fernando Savater. Y nos alegra deciros que, después del desastre de esa semana, Angie encontró la serenidad para arañar una derrota honrosa, como esos equipos de fútbol que han llegado al descanso con un 3-0 en contra, pero que en la segunda parte juegan bien. Nuestra examinada hizo lo que se suponía que tenía que hacer, relacionó a Ferlosio con la narrativa española de los años cincuenta, puso el marco del individuo como tema para la filosofía, y, después, se liberó y puso algo de sí misma, escribió sobre la naturalidad y la falta de afectación en Ferlosio y sobre la naturalidad y la falta de afectación en la relación con la realidad en Savater, de modo que los dos exámenes parecían partes de un todo que nadie habría de conectar, pero que a Angie le parecían una manera de dejarse derrotar bellamente.

Flashforward de unos días, hasta el 1 de julio, el día en el que la secretaría del colegio (un lugar cálido y maternal) fue el lugar de recogida de las notas. 8,5 en Literatura y 9,0 en Filosofía. Nota media de la Selectividad, 5,8; nota media del bachillerato, 6,4. Total, 6,1. Te merecías más, querida, o, vamos a decirlo con crudeza, todos esperábamos más, ya sentimos ser así de crudos. Pero las cosas se dieron como se dieron.

5

Ahora, el *zoom* conduce vuestra mirada hacia nuestros niños, que juegan sobre la praderita que rodea a la torre, y vosotros los veis más o menos bien peinados y correctamente vestidos, veis que algunos de ellos son pecosos y un poco rubios como son rubios los niños españoles (o sea, efímeramente) y entonces podéis intuir que nuestra historia es una distopía irónica en contra de la clase media, de esas que se hicieron habituales en este 1995 desde el que os escribimos. Algo al estilo de las novelas de Bret Easton Ellis. No os hagáis esa ilusión, porque nuestros niños no son tan guapos ni tan ricos, al contrario, representan a un mundo que ha caído en la melancolía y en cierto descuido, que apenas tiene los medios y la disciplina para arreglar las cosas que se rompen y que envejece mal. Los bajantes huelen, las jardineras se quiebran y las personas se envilecen. Los niños son pequeños todavía, pero sus hermanos mayores se han acostumbrado a llevar alguna moneda de cien pesetas en el bolsillo y el billete de mil en el calcetín, de modo que sus atracadores se lleven algo sin escalar demasiado la tensión. Sus hermanas lo tienen aún peor: los sábados por la noche, esperan a los taxis como si estuviesen a punto de cruzar un *checkpoint*. Desde sus terrazas, unos y otros miran a su vecindario, aún lleno de solares y de edificios desangelados, y después miran la gran trinchera de la avenida de América y, más allá, ven el destello blanco (un poco hortera) de la Torre Picasso y sienten que su mundo es una especie de ciudadela sitiada que se empieza a pudrir por dentro.

Torres Blancas, en 1995, es un coloso en secreta decadencia porque los vecinos que entran son cada año un poco más vulgares y tienen menos amor por el lugar que habitan, de modo que acristalan y cierran sus ventanas, amueblan sus pisos por acumulación, ponen rejas en sus puertas, tiran sus colillas al suelo del solario y son zafios en el trato con los vecinos. Eusebio, el portero de siempre, el jefe de los porteros de Torres Blancas, es la figura romántica que intenta mantener la dignidad del transatlántico en lo que parece una ruta segura hacia el iceberg. Repeinado, bien planchado y cortés a la antigua, de Eusebio se cuenta legendariamente que en la noche del día de la muerte de Francisco Franco se le vio llorar en la azotea, pero que nadie supo nunca qué quería decir ese llanto, si una cosa o su contraria. Su mujer ha limpiado durante años en algunos pisos del edificio, pero ese era un honor que Eusebio concedía a quien considerase a la altura. No todo el mundo merecía que doña Teresa entrara en su casa a trabajar. Esquiva e irónica doña Teresa, más señora que cualquier señora. A su alrededor, la clase trabajadora de Torres Blancas vivía en una tensión constante que Eusebio contenía: persianistas, cerrajeros, fontaneros… gente curtida y…

Los otros porteros que se van turnando son personajes menos característicos, pero algunos tienen sus aristas. El más destacado, Manuel, es un hombre calvo e inocente, conocido por transmitir los avatares de la convivencia torreblanquina con lorquiano lirismo. Cuando un vecino del piso siete tuvo un brote psicótico y estuvo a punto de asesinar a su familia, sus gritos se hicieron sentir por todo el edificio a través de los conductos verticales de ventilación. Manuel resumió el asunto a quien se interesó por él con una frase bastante imprecisa pero casi cómica: «Mal de amores». Y después dijo:

Pero sigue durmiendo, vida mía.
¡Oye mi sangre rota en los violines!
¡Mira que nos acechan todavía!

Manuel es tierno y torpe. Los niños le toman cariño, los adolescentes lo siguen buscando con cariño y le preguntan por el fútbol, por las peleas de la calle de al lado, por la época en que estaba Rock Ola en la acera de enfrente. Esta misma mañana, los niños a los que habéis visto en el jardín, ven aparecer a Manuel y le hacen una broma ya clásica. Se amontonan en una montaña de cuerpos como si quisieran esconder algo, un balón con el que tienen prohibido jugar en el jardín. La maniobra está hecha para llamar la atención del portero, que se acerca y gruñe teatralmente y levanta a los niños como si fuera una grúa hasta llegar al que está en lo más profundo del montón y entonces se descubre el juego: no había balón. Todo el mundo ríe. Al cabo del tiempo, en los últimos años antes de su jubilación, hubo un runrún malicioso sobre la demasiada querencia de Manuel por los niños y, de alguna manera, aquello llegó a sus oídos y le amargó «las adelfas de mi patio. / Corazón de almendra amarga», que diría su admirado García Lorca.

Queridos lectores del siglo XXI, ¿queréis en este punto del relato vuestro poquito de ciencias sociales *amateur*, según el gusto que habéis adquirido durante la larga década del descontento y de la discusión obsesiva que siguió a vuestra crisis de 2008? Os conocemos, sabemos cuál es vuestra querencia. Torres Blancas nació en una época de euforia económica y de cierta hipocresía política, en los años del despegue económico del franquismo. No os decimos que sea el mejor lugar ni el mejor momento del mundo para nacer, pero es lo que nos tocó y, en fin, recordad que os escribimos desde el indiferente y tolerante 1995, cuando todo daba un poco igual y nadie se tomaba nada demasiado a pecho.

Torres Blancas también nació de la asociación entre un arquitecto y una empresa, navarros los dos.

El arquitecto fue un hombre camaleónico, teatral, sabio, conservador, liberal, socialdemócrata, cubista, expresionista, brutalista, un hombre que fue lo que hiciese falta ser para poder llevar hasta el límite las intuiciones y las obsesiones, que eran su única ideología y su verdadera lealtad política.

Se llamó Francisco Javier Sáenz de Oiza y hay una foto suya de juventud, un retrato de perfil que aparece recortado sobre nuestra casita de hormigón en un *collage* que fue la portada de una vieja revista, *El Croquis*. Parece cosa de un cuadro de italiano del siglo XVI, esa foto, y habrá quien se enamore un poco de él. También hay algunos retratos suyos de vejez en los que está muy guapo y muy caballero nuestro geniecillo navarro, con su pelo planchado hacia atrás, sus abrigos largos y las gafas sobre las cejas al estilo de Le Corbusier, impecable y descuidado a la vez. Y hay algún retrato «*nel mezzo del cammin*», rodeado de hijos (seis) y con cara de abrumado, que nos sirve para desdramatizar un poco. Nadie es sublime todo el tiempo.

Respecto a la empresa, debéis saber que saltó de Pamplona a Madrid y que prosperó en los años de la República, que después sobrevivió a las décadas de la autarquía y la pobreza solemne y que estuvo lista para el despegue de la economía española de los años sesenta. Hizo infraestructuras.

¿Alguien nacido en el siglo XXI reconoce el nombre de Huarte, tiene una idea de lo que representó para la generación de sus abuelos?

Oiza, igual que Huarte, era parte del paisaje de la dictadura, pero no estaba en el viejo mundo del fascismo, ni mucho menos en el de los obispos ni en el de las nostalgias palaciegas que fueron la primera expresión del franquismo en la arquitectura. Los dos estaban en algo nuevo, en algo diferente y más abierto al mundo. En la década de 1960, el producto interior bruto de España creció con tasas del 7 %

anual. Todo estaba por hacer y el capital, por fin, fluía, gestionado por una nueva generación de profesionales que quizá hubieran vivido la guerra, pero sólo como niños y que, como Oiza, pertenecían a la España que ganó en 1939, pero que no se sentían cómodos en el viejo traje del régimen. Habían ido a la universidad en los años cincuenta, habían tenido compañeros de clase que se deslizaron hacia el PCE de Federico Sánchez y de Enrique Múgica y habían sido sus amigos. Habían salido un poco al mundo, habían marchado a Alemania o a Suiza a trabajar en verano o a Francia a estudiar idiomas o a Inglaterra, becados durante un semestre, y se habían sentido un poco avergonzados de la España de misas y militares en la que habían crecido. Algo habían leído, y más habrían de leer con la Ley Fraga, que llevaría la poesía de la Generación de 1927 a sus casas. En fin, su riqueza hoy nos parecería poca cosa, porque hasta los ingenieros de caminos mandaban a sus hijos a las tiendas a devolver los cascos de las botellas por unas pesetas y, en verano, se hacinaban en modestísimos apartamentos en Gandía, de esos de manteles de hule, suelos de terrazo y lozas amarillentas. De acuerdo, sólo eran prósperos en términos relativos, pero la riqueza ya no les daba tanto pudor como a sus padres.

(¿Tenían también una sexualidad menos rigurosa que la de la España católica? Bien, esa es una pregunta interesante y que se podría resumir con un sí, pero poco a poco, sólo que se escapa de nuestra parcelita y de nuestro tiempo. Torres Blancas nació como un edificio de pisos enormes, hechos para familias de muchos hijos. Los primeros edificios del maridaje se hicieron algunos kilómetros al norte, en la llamada Costa Fleming, pero esa historia ya tiene su novela: *Madrid, Costa Fleming*, de Ángel Palomino).

A Juan Huarte, el hijo del fundador de Huarte, le gustaba el arte o, como mínimo, tenía la intuición de que el arte le iba a servir para construir la imagen de un nuevo país de clases medias, propicio para los negocios, moderno, más o menos democrático, equiparable a Europa. Patrocinó a artistas y a compositores de música atonal y también patrocinó a Oiza, su arquitecto preferido. En 1963 le dio una especie de beca para que especulara con un edificio de viviendas nuevo, «revulsivo», según el vocabulario un poco ingenuo de la época, planteado como un ejercicio, sin solar ni presupuesto.

Hay algo interesante y en parte paradójico: invitado a pensar en términos utópicos, Oiza investigó en un modelo de clase media alta, más o menos burgués, pero no del todo lujoso, como si su utopía fuese un mundo de profesores titulares de universidad, dentistas y abogados, no de ricos extravagantes. En Torres Blancas, los pisos son desproporcionadamente grandes, pero ese es su único lujo. Los materiales de su construcción original son normales: maderas barnizadas, suelos de gres granates, hormigón, ladrillos de vidrio… El garaje es pequeño, faltan plazas porque la era de los dos coches por familia no había llegado aún. Y lo lírico no es la luz sino la sombra.

Nos estamos adelantando, perdonad: estábamos contando que Torres Blancas nació como un ejercicio utópico, un encargo sin solar ni presupuesto. Y que Oiza empezó por dibujar una especie de flor que tenía en su cáliz un núcleo de escaleras y ascensores y cuyos pétalos eran las viviendas. Al principio, esas viviendas eran geométricas y rígidas. En cada versión de las plantas, los pétalos se fueron volviendo más suaves en sus formas, menos geométricos y más orgánicos.

Oiza escribía y hablaba sobre su investigación. Citaba a Lorca, a Joyce, a Dante, a Juan Gris, a Mondrian y a Heidegger. Decía que su obra era vulgar y que Torres Blancas era especialmente vulgar (nuestro nosotros irónico es un poco escéptico al respecto de aquellas autoflagelaciones), que lo suyo era ser un operario y no un artista plástico, que lo importante era el proceso, que odiaba la arquitectura sin idea y que detestaba aún más la arquitectura que sólo es idea. Decía que todo lo que se pudiese contar sobre un edificio valía nada comparado con habitarlo.

Escribió Oiza estas líneas:

«El primer proceso, el proceso constructivo, se inició a finales de 1961, cuando el cliente Sr. Juan Huarte, miembro de una importante familia de constructores, economista, y, sobre todo, amante de las artes plásticas de nuestro tiempo, me planteó su problema. Entiendo que el proceso constructivo de una obra empieza, a partir de aquella idea, en sus planos. No debiéramos confundir el proceso constructivo con el proceso de "ejecución" que se inicia sobre el terreno. Sucede igual que en la música. Grandes aportes a la arquitectura han sido producidos por obras ciertamente construidas —la ciudad de la Circulación de Van Doesburg o Villa Radiosa de Le Corbusier— pero no "ejecutadas" en ningún terreno. En esto, en la "no ejecución" en ningún caso, podemos diferenciar técnicamente la obra arquitectónica de la musical. ¿Hay partituras que no hayan sido nunca interpretadas, es decir, ejecutadas?».

(Un poco lioso este párrafo, ya nos damos cuenta).

«En 1961, Huarte me plantea la necesidad de un proyecto de edificio para torre habitación. Insistía sobre mí (anteriormente había trabajado para él en la construcción de una pequeña sala de Exposiciones, tal vez por sugestión de algunos de los artistas plásticos, ¿Oteiza, Basterretxea?, a los que él apoyaba), en la opinión de que la arquitectura de nuestro tiempo no había acometido con la suficiente energía el tema del edificio vertical, habiendo los arquitectos conducido sus respuestas —provocadas por una confluencia de hechos técnicos (constructivos, estructurales, circulatorios, nuevo equipamiento ambiental, aire acondicionado, etc., etc.)—, por un camino que podríamos llamar de excesivamente convencional, casi casi una repetición o superposición de viejos esquemas habitacionales concebidos para una situación técnico histórica muy distante. La ciudad vertical se ha convertido en un apilado incoherente, sin propia estructura, de los cuales el fracaso de la calle y del tránsito no son más que una consecuencia. Mejor diríamos, la manifestación palpable de una previa supuesta incoherencia de planteamiento de la forma arquitectónica. Demandaba el cliente, ¡qué gran cliente! una investigación sobre la estructura de una torre de habitación. Entendiendo el término *estruc-*

tura no tan sólo como esqueleto sustentante —hecho técnico—, sino sobre todo como fundamento organizativo. En este sentido, el cliente hablaba de una torre singular. Lo de Torres Blancas vino después, aunque ni son torres (es una sola) y, menos, blancas».

Oiza también dijo alguna vez que en Torres Blancas se estaba rebelando contra la idea de que vivir en altura, vivir en un piso 16 o 17, consistiese obligatoriamente en vivir asomado a unas vistas a través de una cristalera. Torres Blancas, en origen, es lo contrario a eso. Las terrazas no se hicieron para mirar fuera sino para crear espacios íntimos. Están hechas para no ver a los vecinos de abajo ni a los de arriba y para no ser vistos. La vista de la ciudad sólo se le aparece a aquel que la busca expresamente. La terraza es más un patio que un mirador y, de hecho, se publicaron algunos anuncios cuando Huarte construía el edificio que decían algo así como «Viva como en un chalet en las alturas».

La pena es que esa idea tan sutil ha sido poca cosa comparada con nuestra obsesión por ganar 30 metros cuadrados de salón a costa del balcón. Aún hoy, cualquiera puede ver desde la calle decenas de balcones cerrados en Torres Blancas.

Lo gracioso es que Oiza, de alguna manera, pensó en entregar los pisos como potenciales, no como hechos determinados. Oiza de 1972: «Los primeros estudios se orientaron hacia una estructura-esqueleto espacial que permitiera, ulteriormente, insertar sobre ella un desarrollo de sucesivas arquitecturas individuales». El arquitecto defendía, de esta idea, la libertad que brindaría a cada ocupante para construir, más adelante, en aquella malla espacial así creada, su propia casa.

Ese tema es interesante: él pensaba que la vivienda podía ser un contenedor casi vacío, de manera que sus habitantes dispusieran de la mayor autonomía posible. Hay otra frase suya que está escrita en algún sitio y que dice que las casas no hay que ponerlas, que hay que habitarlas y, después, dejar que la vida deje sus marcas en ellas. Claro que eso sale mejor cuando uno es Oiza y las marcas que deja la vida son, por decir algo, unos garabatos que hizo Oteiza para el monasterio de Arantzazu, que rescatamos cuando su destino era el cubo de la basura, que enmarcamos y pusimos en la pared del baño, como si fueran un objeto encontrado. Las marcas que nuestras vidas han dejado en nuestros pisos son lo que son, no vamos a engañaros: dibujos del día de la madre, reproducciones del Guernica, acuarelas *amateurs*, arte africano comprado en Marbella, carteles de *Reservoir Dogs*…

Sin embargo, Oiza renunció a hacer pisos indeterminados. Lo sigue narrando él mismo: «Pero el cliente, desde París, en un telegrama fue lacónico: "La verdadera libertad está en brindar a la sociedad, con libertad, un buen proyecto". Había que correr esa aventura. Hoy día, en una conversación mantenida hace poco con Paul Rudolph volvía a recordar con nostalgia mi vieja propuesta».

Y un poco después, está la frase clave: «La casa se cierra, como la planta o el animal, cuando el medio hostiliza. El sauce llorón despliega sus ramas sobre el cálido y húmedo en-

torno circundante. El iglú, el caserío vasco o el cactus, re-
pliegan y recogen sus formas en un entorno hostil». Torres
Blancas no está pensada como una arquitectura de la alegría,
sino como una fortaleza de la soledad, y puede que eso haya
marcado nuestro carácter, nuestra melancolía.

Angie, ¿dónde te habíamos dejado?

6

Unas líneas tomadas de la prensa:

«Yo asocio Torres Blancas con Mayo del 68», cuenta Javier Sáenz Guerra, arquitecto, autor del libro *Sáenz de Oiza y Torres Blancas* e hijo del arquitecto de la torre. «Atraía a gente de dinero con cierto sentido de utopía social. Había pilotos americanos de la base militar, gente que trabajaba en el aeropuerto, profesores de inglés... No era un producto del todo de lujo, pero el ambiente era un poco Nueva York y un poco Milán, más Milán que Madrid. Se notaba en el garaje. En un momento en el que en España no había más que Seat 600, en Torres Blancas veías Fiats deportivos, mucho Alfa Romeo, coches americanos enormes, un Lotus Elan que recuerdo perfectamente... Durante algunos años, hubo un ambiente bastante optimista, los vecinos sentían que estaban explorando un modo de vivir nuevo y les encantaba la imagen que Torres Blancas daba de ellos». Como en una novela de J. G. Ballard, esa despreocupación fue efímera. En los años setenta, el barrio de Torres Blancas se empobreció y envileció. Rock Ola abrió sus puertas en la acera de enfrente «y atrajo algo de fulaneo». Algunos vecinos que habían tenido hijos y otros que tenían mucho sentido de su estatus se sintieron incómodos en Torres Blancas. Empezó entonces un lento éxodo que hizo que algunas viviendas vacantes se convirtieran en oficinas. En otros pisos entraron nuevos vecinos que emprendieron reformas dirigidas a normalizar los pisos.

«Yo no sé qué pensar de eso —cuenta Sáenz Guerra—. Por un lado, sé que las casas cambian a la medida de las personas que las habitan. Por el otro, creo que es un poco absurdo lo que pasó en Torres Blancas, que aquella gente podría haber comprado pisos más convencionales si era eso lo que buscaba. Si hay muchos así… Era como si se comprasen el Lotus Elan aquel y le cambiasen el volante de cuero por uno de plástico».

Estamos hablando de las terrazas cerradas, ¿verdad?

*　　*　　*

De un diario discontinuo de Angie escrito en mayo de 1995:

Es curioso que sea tan fácil leer a los chicos mientras que muchas chicas, aquellas con las que he pasado más tiempo en mi vida, me parezcan inaccesibles, figuritas encerradas en sí mismas como los soldados de Siam. En cambio, es como si los chicos se presentaran ante mí y en medio minuto yo entendiera cuál es su encanto y cuál es su debilidad, qué es lo que les duele.

(No debería escribir frases como «es como si», lo sé).

Javier Abreu, Javi I para los del colegio, es, además de compañero de clase, medio vecino mío, y es mi personaje favorito. Se da un aire un poco trágico, es solemne al hablar y tiene un juicio severo para todo, pero también tiene un fondo de ternura que asoma a veces cuando mira con cara de cachorrito. Y, como es alto y tiene la piel blanquita y ese pelo que le cae por la frente como volutas jónicas en columna griega, largo pero no mucho, le sale muy bien el papel. Sé por mi padre que no es la persona más discreta del mundo, que (¿cómo lo dice mi padre?) Javi I lleva sobre sus hombros a su familia como una maleta cargada de plomo. Javi adoraba a su padre, cuando era niño, eso era algo evidente para todos los que lo hemos conocido. Su adoración del tipo hijo-fan es un sentimiento que no me es ajeno y que a veces me avergüenza un poco cuando lo pienso. En su caso ha acabado mal, veremos en el mío.

¿Qué puedo deciros del padre de Javi? Que a mí me recuerda un poco a los dibujos de Forges en el periódico en cuanto a su actitud, gracioso pero un poco resabiado, la verdad. De cara me recuerda a la parte de delante de un Fiat Uno. Sé que es difícil de entender, pero una vez se lo dije a mi madre y se rio y me dijo que sí. El padre de Javi I es delineante en un ministerio y sindicalista a tiempo completo. Al principio era del PCE, pero después entró en el PSOE y se dedicó a dirigir cooperativas de viviendas entre afiliados. O sea, que ascendió de clase y apuntó a sus hijos a nuestro colegio privado, pijo y progre, más pijo que progre, la verdad.

Después se separó de la madre de Javi y se casó con una valenciana rubia que era una especie de proveedora de suelo en lo de las cooperativas, aunque no esperéis que entre en muchos detalles al respecto porque el mundo de los negocios no me interesa mucho. Hace dos años, el señor Abreu y su segunda esposa y socia salieron en los periódicos por algún asunto sórdido del que, dado mi aristocrático desinterés por el dinero, no sé explicaros gran cosa.

Lo del aristocrático desinterés por el dinero es una frase de mi padre.

Cuando estábamos en segundo, el padre y la madrastra rubia, tan rubia que a veces sospecho con paradójicos celos y alivio que eclipsó a mi madre entre las fantasías de mis compañeros, se instalaron en Torres Blancas, en uno de los pisos pequeños, mientras que su madre se quedaba con Javier y con su hermano mayor en un piso de General Perón, que supongo que es el colmo de la clase media. Los tortolitos cerraron la terraza del piso e instalaron un pequeño gimnasio en él; líbreme Dios de juzgar a mis vecinos por sus muebles, pero me imagino lo que el severo Javi I pudo pensar de aquello. Bueno, el caso es que mi muso, impulsado por su hermano y cargado de vergüenza y de resentimiento, se convirtió en el gran animal político de nuestro mundo. Viajó a Bilbao, a San Sebastián y a Pamplona con su hermano e hizo turismo de casas okupadas. Supe que en esa época empezó a cartearse con una chica de nosedónde allí arriba. La chica lo visitó el verano pasado. Era dos años mayor que nosotros, vestía como una *hippie* y, en fin, cómo decirlo, no parecía gran cosa, por lo menos en cuanto a guapa, razón por la que algunas envidiosas le atribuyeron los talentos de una bruja medieval. Javi se volvió un poco pesado, un poco místico, pero aún hay veces en las que se medio ríe de sí mismo cuando sus amigos le dicen «ya, Javi». Y yo podría derretirme en esos momentos.

En tercero yo lo veía leer fanzines anarquistas en los recreos (yo los leí alguna vez y me parecieron un poco infantiles, pero bueno). También cambió su aspecto, su forma de vestirse y la música que escuchaba. Kortatu, The Clash, Eskorbuto, Mano Negra… Hay cosas peores, supongo. Los chicos que habían sido sus amigos aceptaron con resignación el cambio de Javi. Creo que sólo yo me daba verdadera cuenta de que a Javi I le da un poco de vanidad ese personaje suyo trágico que se ha hecho. Es tan guapo que el estómago se me contrae y me duele un poco cuando me lo encuentro en este portal que Dios nos ha dado, que nos hace parecer dos bacterias de la caries entre muelas vírgenes.

Aunque para vírgenes, ya sabéis quién es qué.

Pablo Aragón es otro caso interesante. Su madre es una señora de las que hacen merienda en la cafetería de El Corte Inglés y tienen el salón cerrado de modo que no se abre más que para las visitas, si es que las tienen. Me pregunto qué la llevaría a vivir en este edificio en el que nunca se sabe dónde empieza el salón y dónde la cocina, el pasillo o el recibidor. Bueno, los pisos son grandes y por lo menos ese servicio le debe de dar a la señora, que estuvo permanentemente embarazada entre 1969 y 1978. No permanentemente, pero casi.

Su camada está llena de niños que se parecen muchísimo entre ellos, un poco perrunos de complexión y con cara de medievales o, mejor dicho, con cara de obispos salidos en una película italiana medio erótica de los setenta, de las que echan en Telecinco los viernes por la noche. Como con lo del Fiat Uno, yo me entiendo. El padre de Pablo es majo, es un joyero reconcentrado y de un aspecto tan gris que es extravagantemente gris, incluso para la desangelada generación de nuestros padres: los pantalones de traje, las camisas de manga corta, el reloj plateado sobre un brazo corto y velludo... No quiero parecer cruel. También parece un hombre secretamente dulce y con sentido del humor, resignado e inofensivo.

Que no pierda el hilo. Me faltaba por apuntar que Pablo es el penúltimo en la sucesión de clones, y supongo que eso debe de marcar (lo supongo, pero qué voy a saber yo, la hija única que vive en un piso de 360 metros cuadrados). Mi hipótesis es: como consecuencia de que Pablo es el penúltimo entre seiscientos Aragones, es el payaso de todas las clases y de todas las pandillas, el payaso que tiene que ser histéricamente payaso, el que entrena sus imitaciones ante el espejo, el que ve a los humoristas de *No te rías, que es peor* con la concentración de quien prepara un examen para luego, entre amigos, replicar los chistes, pero no replicarlos en lo obvio sino en ese detalle mínimo que, como decían no sé dónde, separa a los llamados de los elegidos. Es gracioso el chaval; si es gracioso, se dice, y los que no tenemos ese talento nos quitamos el sombrero y decimos *chapeau*.

El otro día le escuché decir:

—Como ya no podemos salir hasta Selectividad, me pasé la noche del sábado viendo *Orquídea salvaje*. La vi tres veces. [Pausa dramática]. Obra maestra.

—¡Es horrible, Pablo!

—¡Es malísima!

—No tenéis ni idea de cine, joder.

(Yo he visto *Orquídea salvaje*. Es tan mala que tiene su cosa, y sale Jane March).

Creo que lo de histéricamente payaso lo puedo explicar: me parece a mí que Pablo piensa que sólo existe de verdad cuando hace el tonto, cuando la vida es una comedia y él, por fin, es el mejor, el más ingenioso, el que tiene más reflejos, el más osado. El problema es que, cuando la vida no es una comedia, fuerza las cosas tanto que pone a todo el mundo de los nervios. A mí me pone de los nervios.

Hace dos años se murió en un accidente de tráfico un profesor de alemán, un hombre llamado Bernhard que todos los días vestía igual y del que todos se burlaban un poco y al que todos temían (temíamos) mucho porque sus enfados eran como esos incendios en los que un fuego enciende el siguiente. Nos dieron la noticia antes del patio de las dos, y supongo que nadie supo qué decir. Pablo, que es un zoquete en alemán y, en general, en todas las asignaturas, dijo:

—*Er wußte nur vom Tod was alle wissen: daß er uns nimmt und in das Stumme stößt.* Ni idea de dónde se sacó aquello, la verdad.

Y, entonces, se puso a imitar el trote de un caballito, que es un gesto que significa «feliz ebriedad» en el muy codificado mundo de los chicos. Se dan golpes en la cadera como si estuviesen espoleando a un caballo y entonces dan dos saltitos y hacen como que cabalgan. Me pareció un poco zafio aquello, pero no dije nada. En cambio, el otro día me hizo reír cuando, después de la noticia de la muerte de Antonio Flores, apareció por la biblioteca cantando «Siete vidas tiene un gato». Bueno, me hizo reír un poco para adentro, que es como río yo, pero luego me dio un poco de tristeza porque todo el asunto de Lola Flores me parece muy tremendo.

Los chicos son fáciles de leer, y yo sé que Pablo hace esas cosas porque tiene una necesidad obsesiva de existir y de ser querido. Y es una pena porque, si lo llevara con más calma, le iría mejor. El chaval tiene gracia, ya lo he dicho, ¿verdad? Le gustan cosas *kitsch*, cosas como *Orquídea salvaje*, «gran obra maestra», y la música discotequera antigua, las canciones un poco ridículas en italiano, y a mí eso me parece bien, porque es un alivio comparado con el resto de los chicos que se toman tan en serio sus gustos, como si el *rock* que escuchan fuera la honra de sus apellidos. Pablo también se disfraza a cada momento y es cariñoso y zalamero y también es obviamente manipuladorcillo y criticón, aunque mi teoría es que esa parte de maldad le sale por los nervios y por la impulsividad más que por crueldad. A los chicos peor colocados que él en esta nuestra estricta sociedad de clases les ofrece pequeños cebos de simpatía para convertirlos después en sus esclavitos. Conmigo también ha probado ese juego. Yo sé que a mí me ha criticado, aunque quién no y a quién no. Una vez me dijo «Hola, Winona» y no me pareció mal.

Algo más: Pablo viste muy convencionalmente, como un estudiante de Económicas que llevase un Golf GTI, con polos, jerséis de cuello redondo y abrigos de paño. Yo creo que le gustan los hombres y que todos sus amigos lo intuyen y que ese tiene que ser un motivo de tensión tremendo.

Por hoy terminaré con Xabier Arregui, Javi II. Cosas que debéis saber de Javi II: es de mi estatura, o sea, un poco pequeño para ser chico, y es macizo, sus espaldas son anchas y su presencia es la de un adulto. Viste, cómo decirlo, como un moderno antiguo, como un músico de *jazz*; se peina para atrás, lleva gafas de sol Ray-Ban y abrigos largos. Habla un poco afectadamente, deprisa, con un leve tartamudeo que quizá sea una imitación de la forma de hablar que tienen los personajes ingleses en las películas americanas. Alguna vez me he preguntado si es una manera de coquetear a través de una timidez aprendida. Lee revistas: *Man*, *Ajoblanco* y *Rockdelux*. Y diarios: *Marca*, *As*, *ABC*. También maneja un buen archivo de revistas pornográficas antiguas que dejó su hermano mayor en una caja y que emplea para hacer *collages*. Su método consiste en recortar una fotografía de, pongamos, una mamada, con perdón, con destacado primer plano de su autora y trocearla en tiras muy finas e iguales, de medio centímetro de ancho, como en esas máquinas destructoras de documentos que aparecen en *Expediente X*. Cuando tiene las tiras, las vuelve a pegar, aparentemente en orden, pero no del todo: las tiras están dadas la vuelta o aparecen intercaladas con otras imágenes o se van torciendo poco a poco, de modo que la escena es reconocible, pero no del todo.

Me encanta, la verdad.

Javi II se acostó con mi añorada y llorada Victoria y sólo yo lo supe. No hay tanta gente a mi alrededor que haya cruzado ese río en este mundo nuestro marcado por el terror al sida y al embarazo. La chicazo y el esnob lo hicieron y luego ella se murió de esa manera tremenda que nadie sabe interpretar. Otro dato: Javi II bebe y fuma, como beben y fuman todos, pero de una manera diferente. Para él no sólo están las noches de esprint alcohólico, en las ebriedades buscadas y explosivas nos unen a todos los compañeros de generación. Javi II también bebe en las noches de entresemana y algunas mañanas, no mucho pero sí algo, como si ese par de cervezas fueran una pócima que lo sanara todo antes de salir al mundo. La madre de Javi II también ha bebido mucho y está ingresada en un psiquiátrico. Durante muchos años, fue una figura esquiva que pasaba días enteros encerrada en su habitación hasta que, de pronto, salía, tomaba a su hijo y se lo llevaba a comprar ropa a la calle Barbieri, ropa bonita de verdad, botines de ante, gabardinas de Burberry, sombreros a la antigua. En cambio, su padre va y viene de Bilbao dos veces a la semana y parece hacer lo posible por ser invisible para su hijo, de modo que la empleada del hogar es la única compañía de Javi II durante muchos días. En ese piso tan grande, tan bien surtido de muebles de los años setenta y de libros. A Javi II lo he visto este año varias veces en la azotea, sentado al sol de invierno con una novela del Cuarteto de Alejandría, que también está por casa, con sus fundas un poco *art decó* en celeste sobre blanco. Es ambiguo conmigo. Marca distancia y me hace ver que secretamente se mide conmigo en alguna competición cuyas reglas aún ignoramos. Pero también percibo que me reconoce como a una semejante.

Durante los últimos tres años, he visto salir a los dos javieres, a Pablo y al resto de su grupo los sábados por la noche como si fueran caballeros medievales que marcharan a la batalla. El mundo que los esperaba fuera era un lugar para la gloria y para la desgracia y estaba lleno de historias así: un amigo de un amigo de un amigo se destrozó la cara porque se escapó sin pagar de un taxi y cayó en su huida sobre un bolardo. Tuvieron que reconstruir su mandíbula y dicen que no ha quedado del todo bien. A otro amigo de otro amigo le dio un puñetazo un *skinhead* en un callejón de Argüelles y se fue a su casa. Parecía que la cosa no tenía demasiada importancia, pero al día siguiente le dio un desmayo y acabó tres días ingresado. De otro chico se cuenta que se fue con una prostituta que lo abordó en Cuzco y que le robaron todo y que volvió a su casa descalzo y llorando. Todos han sido atracados y todos han llegado a casa milagrosamente en su intoxicación, pero todos han insistido en su búsqueda de algo, de un destello de belleza que los justificase, la mirada de una chica bonita que fuese como una imagen de una virgen antiquísima en medio del combate. Después de tres años así, de tres años de descampados, miedos y fracasos, llevan su destino con resignación y buen humor. Intuyen que pronto cambiará algo y que por fin podrán acostarse con alguna chica, dulcificar su vida y encontrar la calma que anhelan.

7

Todo en Victoria era áspero: la manera de mirar al suelo en el ascensor, la vibración del cuerpo, un poco nerviosa, el timbre de la voz grave desde la primera adolescencia. La ropa negra y las capuchas, por supuesto, el pelo rizado y tensado en una coleta; hasta el olor saturado de un perfume extrañamente dulzón expresaba tensión. Por supuesto también ocurría que a veces había un momento de quiebra, una grieta en esa fachada de hormigón, en el que la expresión de Victoria se relajaba, había un atisbo de dulzura y el efecto era conmovedor.

Victoria vivía en la desconfianza hacia el mundo. Sus opiniones eran severas, nadie era lo que parecía, todo el mundo llevaba una agenda oculta que, cuestión de tiempo, habría de aflorar.

Victoria era una velocista nata. Cuando los heroinómanos y los niños de Prosperidad la encaraban en busca de algunas monedas, ella arrancaba a correr y nadie podía atraparla. En su colegio intentaron que se tomara el atletismo en serio, pero Victoria no quiso saber nada de aquello. Victoria veía la televisión y hablaba con la televisión, reprochaba a los entrevistados y a los políticos que aparecían en las noticias sus hipocresías. Hablaba también con Manoel, su hermano mayor que estaba en Bissau desde el verano pasado, y le gritaba. Y cuando decimos que hablaba y gritaba, no es una metáfora, es una descripción rigurosa. También cantaba o, más bien, marcaba el ritmo, lo que hacía pensar en su talento natural como velocista. Victoria escuchaba música *techno*, no del tipo de *technopop* que se pinchaba en las discotecas, sino algo mucho más hipnótico y despiadado. No salía de noche Victoria, no iba a discotecas, no iba a la FNAC ni a ninguna tienda de discos. Conseguía su música en casetes que vendían en un puesto del Rastro, sin ningún tipo de información sobre de dónde venían o quién las había grabado, y las escuchaba en unos *walkman* marca Sony que eran su tesoro. En el día de la muerte de Victoria, Angie cogió aquellos *walkman* y Victoria se los arrancó de las manos como si estuviera invadiendo lo más íntimo de su vida.

Xabier Arregui, Javi II, se burlaba de Victoria por ese interés que tenía hacia una música sin nombre y sin familia y ese desinterés que sentía hacia la historia de las cosas, su indiferencia hacia la autoría. Pero Victoria no era una chica que se dejase intimidar por un poco de ironía. Pensaba que la actitud pura era la suya, la que ignoraba todas las explicaciones y se fijaba sólo en la música en sí.

Con dieciséis años, Victoria empezó a desarrollar una extraña obsesión por la pureza.

Se convirtió en una de esas personas que habían tenido una intuición de lo puro, de la epifanía, y que iban en su búsqueda. Por eso se acostó con Javi II un día de verano, porque se preguntaba si el sexo habría de ser la puerta hacia algo que de verdad hiciera que la vida mereciese la pena.

Javi II había sido una especie de pequeña mascota de su hermano Manoel en la infancia. Manoel le había enseñado a nadar y lo había empleado de correo amoroso con una vecina. Esa había sido su conexión, la manera en que Javi insinuó su cortejo un día, en un encuentro casual en los sofás del portal, y ella aceleró el proceso, de cero a infinito.

No hace falta que os contemos que no fue la pureza lo que encontró Victoria con Javi, sino una sesión de sexo adolescente, patoso y efímero, pero no del todo desagradable ni frío. Javi, detrás de su pequeña máscara de *cool jazz*, era un chico afectuoso que sentía una curiosidad verdadera por las personas y que reclamaba también un poco de compasión ante la vida. Victoria sintió ternura hacia Javi y repitió la visita tres veces, hasta que tuvo una intuición del tedio de la vida adulta.

¿Por qué era así Victoria? Por algo relacionado con su hermano y con su padre, el Capitán Henrique, difícil de descifrar.

En resumen: el Capitán Henrique había sido el amor de Victoria, había sido la persona a la que más quería cuando era niña y en la primera parte de su adolescencia. Llegaba de sus viajes a Bissau, Dakar y Canarias y le traía regalos: juguetes cuando era niña, vestidos multicolores y, después, Levi's 501, cámaras de fotos compactas y discos que venían de los bazares de los indios de Las Palmas de Gran Canaria.

No sólo estaban los regalos. Henrique se desesperaba con Manoel, perezoso e inocente, pero se admiraba de la personalidad de su hija. Siempre quería estar con ella, la trataba como a una igual, la llevaba a la cafetería Santander de la avenida de América y se interesaba por ella. Le preguntaba por sus clases, le preguntaba por su madre, le preguntaba por sus amigos y le contaba historias extravagantes sobre sus clientes en África.

Henrique tenía dos aviones radicados en Madrid, un Boeing 727 dedicado a la carga y un *jet* de pasajeros, un Hawker Siddeley 125 que a menudo volaba cargado de mercancías encajadas entre los asientos. Con ellos surtía a tres clientes de África Occidental, entre los que destacaba la República de Guinea Bissau, cuyas élites le demandaban cosas tales como: manteles de hilo fino, películas pornográficas, cajas de vino blanco, calzado deportivo Adidas, Nike y Reebok, pilas, repuestos de Mercedes Benz, muebles de Ikea, neveras, aceite de oliva, comida japonesa, antigüedades africanas, literatura en francés y portugués, balones de fútbol reglamentarios y juegos de equipaciones verdes y rojas para la selección nacional, ventiladores, ejemplares de *Jeune Afrique* de París, de *Jornal de Noticias* de Oporto, de *Der Spiegel* de Hamburgo, cámaras de fotos y de vídeo, trajes de hombre y corbatas, perfumes de mujer, lencería, divisas, maquinaria agrícola, chupetes para bebés y pañales desechables, pastillas de cloro, antibióticos, bombillas alógenas, cuadros enmarcados… En los viajes de vuelta, los aviones de Henrique cargaban con algunos pasajeros y unas pocas maletas que ingresaban en España con valija diplomática.

Desde 1989, algunos latinoamericanos se habían infiltrado como consultores en el Gobierno de Bissau y en el entorno de su presidente, João Bernardo Vieira, el temido Camarada Nino. Pero Henrique llevaba su tarea con la misma perfecta discreción de siempre, sin preguntar. Por eso era apreciado como un *personal shopper* que, en vez de atender a una millonaria de Manhattan, estuviese consagrado a un sátrapa poscolonial. Siempre triangulando entre las ferias industriales de Fráncfort, los bazares de Canarias y El Corte Inglés del paseo de La Castellana.

Victoria sólo estaba a medias enterada de ese comercio y, en cualquier caso, no se hacía juicios morales. Para ella, su padre era, sobre todo, un piloto, un capitán. Y como tal se comportaba y como tal se presentaba ante el mundo. Alto, sereno, guapo, siempre correcto, cálido en el trato.

Hay un detalle que quizá haya que explicar: Henrique era un africano blanco, un portugués crecido en Angola que llegó a Guinea Bissau poco antes de la descolonización con el título de piloto, que se politizó allí y se cambió de bando, de modo que estuvo del lado de Amílcar Cabral, una especie de Martin Luther King de África Occidental. Así conoció Henrique a la madre de Victoria y Manoel, a Silvia, hija de otro líder de la independencia educado en Portugal, culto, refinado e idealista como muchos de los políticos que acompañaron a Amílcar Cabral. Al cabo de pocos años, aquel hombre, el abuelo de Victoria, fue depurado por el Camarada Nino y Silvia y Henrique se marcharon a Madrid con sus hijos. Henrique ya tenía entonces un socio español, otro conseguidor de cosas, un pequeño arribista que se parecía a Alain Delon y que les consiguió y financió el piso de Torres Blancas gracias a la quiebra de su antiguo dueño. Pero Henrique siguió trabajando para los nuevos jefes de la República, y por ahí se empezó a romper la familia de Henrique, de Silvia, de Manoel y de Victoria. Por culpa de las lealtades, que a veces son incompatibles con los intereses.

Había llamadas a deshoras, salidas inesperadas, pequeños plantones. Había gente que pasaba por casa y dejaba maletas y que daba un poco de miedo. Silvia pasaba mucho tiempo sola con sus hijos. Un día, Silvia descubrió una pistola. Hubo discusiones sobre política y traición. Silvia mantenía en contacto a los exiliados que habían huido del Camarada Nino, enviaba textos a revistas especializadas y estudiaba Historia.

Manoel era un chico guapo e inocente, un mal estudiante que caía bien a todo el mundo. Quería hacer carrera militar, pero no tenía muy claro cuál debía ser su ejército porque no tenía clara cuál era su patria, y la tarea de terminar Bachillerato le parecía casi imposible. Alguien lo captó para una agencia de modelos, pero a Henrique le pareció un camino poco respetable. Así que lo empleó como su asistente en sus vuelos a Bissau. Y una vez allí, en la tierra de la que su madre fue expulsada y en la que su abuelo fue depurado, Manoel fue shakespearianamente acogido en la corte del tirano Nino, que le ofreció todos los privilegios de una vida de millonario en el tercer mundo.

Silvia se desesperó, arañó paredes, hizo llamadas telefónicas angustiadas, habló con un abogado para denunciar por secuestro a la República de Guinea Bissau y al final, desistió, se separó de Henrique y se fue a vivir a una casita como de pueblo al otro lado de la M-30, con un pequeño patio trasero.

Es en ese jardín donde Silvia tenía enterradas las cenizas de su hija Victoria en el verano de 1995.

Un año antes, en otro día de verano, Victoria había ido a visitar a su padre a Torres Blancas, aunque sabía que no estaba en Madrid. El viaje hasta su antigua casa había sido una excusa para buscar algo, aunque ella no supiese bien qué. Tenía llaves del piso. Se instaló en él. Llamó a Javi. No lo encontró. Subió entonces a buscar a Angie a su piso, a la que la unía el recuerdo de una amistad infantil. Había que estar un poco desesperada para llamar a una amiga perdida así, a puerta fría, pero Victoria tenía ese tipo de comportamientos extravagantes.

Angie sí estaba, y no tenía nada en especial que hacer. ¿Quieres subir a la piscina? Sí. Había un televisor encendido en las profundidades del piso que Angie tuvo que ir a apagar. Fueron a la piscina con sus bikinis, tomaron el sol, nadaron, charlaron un poco. Para Angie, aquella vieja amiga parecía un claro en medio de un mar de nubes, la promesa de una amistad que diera estructura a su vida. Victoria era impulsiva y esquiva, pero también era indiscutiblemente atractiva y radical, y había algo en la memoria que justificaba su unión.

Hubo un momento en el que Victoria llamó a Angie y encogió su cuerpo para crear un momento de intimidad. Le enseñó algo, las llaves del piso 23, del local abandonado del viejo restaurante Ruperto de Nola, que llevaba una década cerrado, con su moqueta roja y sus paredes plásticas blancas.

Antes de empezar la excursión, Victoria bajó a la casa de su padre y tomó una cámara de fotos instantáneas, que habría parecido obsoleta cinco años antes, pero que parecía irresistible en esos primeros momentos de la cultura de lo *vintage*. Con la Polaroid, la aventura empezó a parecer una película.

Angie quiso coger el *walkman* de Victoria, pero Victoria no le dejó. Enseñó un cigarro liado a mano, cargado con hachís, robado a su madre, según dijo. Lo encendió, lo compartió con Angie. Angie lo encontró repugnante, pero repitió dos o tres caladas. Después, se apartó para estar consigo misma, para asimilar la transgresión. Lo hacía con buen humor. El hachís la había asqueado, pero, a la vez, le había divertido. Pensaba en la moqueta roja del restaurante y le parecía el tipo de arte abstracto que le gustaba a su madre y que ella nunca había entendido. Pensaba en la vista panorámica de los miradores del antiguo Ruperto de Nola, mucho más abierta que la imagen que se veía desde su piso. Se ensimismó un momento. Perdió de vista a Victoria. Cuando volvió a buscarla, penetró en la zona del *office* del restaurante y descubrió la escalera que bajaba a la planta fantasma de Torres Blancas, al piso que había alojado los vestuarios y las instalaciones del antiguo restaurante. La fantasmagórica planta 22 y medio. Y allí, tendida en el suelo, manchada de vómito, estaba Victoria, a los pies de un generador eléctrico.

8

La planta fantasma, la bestia de hormigón,
cuentos góticos del siglo XX pequeñas transgresiones.
Tienes diecisiete años.

Angie, vas a tener que vivir con esto,
lo pasarás mal y luego, más o menos bien.
Más o menos sólo porque cuando recuerdes,
un hielo en los ojos.

Pero vivir es posible.
No es ajena la vida, Angie, hablarás con alguien
estructurarás el caos,
de hormigón, metal y vidrio.

Vivir es posible, y acuérdate, Angie: la planta fantasma
y el verano de Vicki todo eso será
teselas en el mosaico.

Vivir es posible,
en el mosaico de la vida, las partes no serán
el todo, hierro en el cemento.

Un día le contarás a alguien amado, alguien amado
que no sea yo, llorarás un poco,
y te agarrarás a su piel, con desesperación.

Y ese alguien amado, que hoy es inimaginable, se
conmoverá,
no sabrá qué decir.

Vivir es posible, pensarás entonces, lejos por fin
de la planta fantasma
de la vida, que no es la vida.

¿Cómo iba a saber Juan Llovet el desastre que causaría al escribir estos versos, hechos como una evidente evocación de *Palabras para Julia* de su amigo José Agustín? El pobre Juan, el insensato de Juan, sentimental, dulce, necesitado de afecto como todos, pero un poco más. Los versos los compuso en una noche al final de aquel «verano de Vicki» al que se refería en el cuarto párrafo y, nota al pie, eso de Vicki es una demostración de que el diablo está en los detalles, porque nadie llamó jamás Vicki a Victoria.

Juan escribió esos versos en segunda persona, dirigidos a su hija Angie, aunque la realidad es que quería consolarse a sí mismo de la certeza de que su hija era una niña solitaria que cargaba en silencio con el peso de la vida y, desde ese verano, de la muerte. Consolarse de que su hija tendía a la melancolía en la misma época en la que él había sido un niño divertido, un adolescente simpático, capaz de transgredir todas las normas y caer de pie, con una sonrisa y un cariño, el preferido de su madre, de las chicas que trabajaban en casa, de las mujeres en general, que le regalaron un extrañamente temprano descubrimiento del sexo y el amor. ¿Fue ese el problema, como ocurre con los ludópatas que al principio ganan?

Luego, el texto de Juan Llovet sobre Vicki y para Angie se convirtió en una canción que cantó Hilario Camacho y, en menos de medio año, apareció como la sintonía de una serie protagonizada por Carlos Larrañaga y Concha Cuetos. El infierno, Papá, no te jode. Algo tenía que intuir Juan, de alguna manera sabía que aquellos versos eran una manera de apropiarse del dolor ajeno, porque no le dijo a Angie ni a María que los había escrito hasta que estuvieron hechos libro, *Drugstore, 23:45*, sofisticado y un poco barcelonés título para un libro de eso que se llamaba poesía conversacional. Angie, en el fondo, nunca se había interesado por la poesía de su padre, y esa era la justificación de Juan para su omisión en el deber del pudor. María, por su parte, ya había entrado en su silencioso proceso de emancipación e independencia.

Bueno: hubo una reserva en un hotel de playa aquel verano, diez días pensados para reparar el duelo como no los había reservado nunca Juan, que siempre había sido desdeñoso con el mundo de las chanclas y las cremas protectoras. Pero después de tres días, los Llovet Siemens volvieron a Madrid tras una discusión aterradora a bordo del pesado Citroën CX rojo burdeos familiar, una escena que, si hubiese sido parte de un cómic, dibujaríamos con rayos que saliesen de las bocas de los personajes. Juan, es cierto, no fue el que más gritó. Al contrario, su papel fue el de hombre bueno y abrumado por la cólera de los otros, de las otras, machadianamente bueno, habría dicho él. ¿Qué pensó en el penoso viaje de vuelta desde Huelva hasta Madrid? En las mujeres. En que las mujeres habían sido siempre su refugio, habían sido la amistad que había buscado preferentemente, porque el mundo de los hombres siempre le pareció divertido, pero mal acabado. En que las mujeres lo habían mimado desde que era niño y que esa había sido su gran fortuna, pero que, en esta vuelta de la vida, lejos ya del café de la juventud perdida, las mujeres le hacían pagar todos esos privilegios acumulados en la forma de una hija encolerizada y de una esposa que se había encerrado en sí misma, que vivía en una tensión permanente.

Su madre, en realidad, sólo conectó con él, no con Carmelo, que estuvo siempre en otro planeta, ni con la arisca Marina, y lo trató como a un noviecito al que llevaba a su vida social y del que presumía. Celia, la maestra, lo encumbró entre sus compañeros de clase, que le atribuyeron un enamoramiento que a él le envaneció profundamente. Las primas de San Sebastián lo tomaron como una mascota, pero él aprovechó para mirar y aprender. Estíbaliz, una amiga de esas primas, ella sí, se encamó con él después de una seducción rápida y brusca. Doña María, casera en General Oraá, fue su segunda amante y, en el fondo, su primera noticia de la amistad femenina. Y Matilde, la secretaria en el despacho de ingeniería en el que empezó a trabajar durante la carrera, fue la tercera amante y la primera que empleó el sexo y el amor como partes de una negociación con la vida, así que le dejó un leve mal sabor de boca. No era para tanto: la vida amorosa de Juan era incomparable con las de sus compañeros de clase. Fue el preferido de las hermanas de sus amigos y el ídolo de las compañeras de clase de su hermana. Para todas reservaba un atisbo de intimidad, de amistad sugerida, que lo volvía encantador. Dedicó dos veranos a trabajar en fábricas de Alemania, en un lugar llamado Gütersloh, y fue adoptado por una matrona gallega que había acabado en aquel rincón de Renania, y también amado por una alemana desclasada que pintaba cuadros a la manera de Pollock. Conoció, en un viaje de estudios por Italia, a Elena, una futura historiadora del arte con la que estableció una larga amistad discontinua pero intensa. Juan y Elena no tenían amigos comunes. A veces, se citaban en una cafetería del rutilante barrio de Corea y charlaban durante dos o tres horas. Elena era analítica y severa; Juan, sentimental y bromista, como si los dos desafiaran a los tópicos de sus oficios. Juan le hablaba de sus enamoramientos y Elena lo trataba con buen humor, como si fuera su hermano adolescente que viviera ensimismado en su egocentrismo. Nunca llevaron su amistad a otro lugar aunque fuese una posibilidad, porque Elena era una mujer alta, razonablemente bonita y bien vestida, si acaso un poco conservadora para Juan en su manera de presentarse ante el mundo, y los dos disfrutaban secretamente de esa tensión entre la amistad y el deseo.

En el trabajo, su mundo fue decepcionantemente masculino, pero el trabajo le dio pronto igual (la docencia por la mañana, algún trabajo auxiliar para colegas que necesitaban ayuda, sin riesgos ni desgaste) y la poesía fue otro mundo que le abrió las puertas al campo de las mujeres. Cuidado, Juan no era Casanova, no estaba en el mundo de las mujeres para acumular muescas. Ocurría que las mujeres lo elegían a él y que él elegía a las mujeres, no necesariamente por el deseo. María apareció así, como una doctoranda que escribía una compleja tesis sobre la fascinación poética por la abstracción de las matemáticas y que solicitó una entrevista con Juan Llovet, el poeta ingeniero de caminos. Tampoco es que Juan tuviese mucho que decir al respecto, porque su obra era lo contrario, era una literatura que se dirigía al lector como a un amigo, pero es que a Juan le costaba decir que no. María visitó a Juan en su despacho de la escuela de Caminos y ocurrió lo que ocurre en estos casos, que fue como si un fotógrafo manejara el objetivo de una cámara y pasara de una óptica de 25 milímetros a otra de 80, de modo que el mundo alrededor se volviera borroso y carente de interés. Esa noche, antes de hacer el amor, después de un solo beso, María llamó a una amiga que después dejó de ser amiga, y le dijo que había conocido a la persona con la que habría de casarse. Después, le contó esa anécdota a Juan, como una pequeña prenda de amor concedida, y Juan se envaneció y se la contó una vez a su hija.

Juan siempre fue así, siempre tendió a regocijarse en las dulzuras de la vida y a embellecer sus terrores y sus angustias, a convertirlos en algo bonito, un aplauso que lo reconfortara. Le gustaban los toros y, especialmente, le gustaba Antonio Bienvenida, al que había visto torear en su infancia, en sus días de hijo-noviecito de su muy taurina madre. Le gustaba la arquitectura popular andaluza, la cocina vasca, las novelas latinoamericanas, el *jazz* de los años cincuenta, los compositores impresionistas, un retrato de Santa Catalina que estaba en El Prado, el vino de La Rioja, pero sólo el tinto, porque le parecía una cursilada pedir blanco con pescado. Le gustaban Italia y el idioma italiano, los ciclomotores de 50, la socialdemocracia del norte de Europa, los cristianos de base, la teología de la liberación, las camisas celestes de punto gordito (entonces no decíamos camisas Oxford), las corbatas de lana, los muebles escandinavos y la poesía coloquial y sencilla, de la que había publicado cuatro libros. Le gustaba la imagen que todas esas partes hacían de él, del conjunto llamado Juan Llovet, le gustaba la secreta coquetería que se escondía detrás de su imagen de señor austero, vestido un poco a la antigua pero levemente descuidado. «Eres un psicópata bueno», le decía María cuando aún disfrutaba de ese personaje un poco ramoniano, y quería decir que era un psicópata que no deseaba hacerse un vestido con la piel de sus víctimas (por esa época, el mundo aún le daba muchas vueltas a *El silencio de los corderos*), sino que deseaba acumular afectos en el banco de la autoestima. Le gustaban a Juan los cuentos de Astérix que leyó con Angie cuando era pequeña y a Angie le encantaba sentir que con ellos había contribuido a crear el personaje de Juan Llovet, que lo había enriquecido. Le gustaba a Juan su hija, y a Juan le gustaba pensar en su niña como Zazie, el personaje de la película de Louis Malle. Cuando Angie se convirtió en una adolescente resignada y un poco triste, Juan se lo tomó como algo casi personal. «No es ajena la vida, Angie», era, en realidad, una riña, no un consejo dicho desde el afecto.

No queremos que este retrato de Juan sea amargo. Nuestro vecino merecía nuestro afecto y nuestro buen humor. Su primer acercamiento era cálido y cordial, su sonrisa parecía libre de ironía y sus anécdotas eran graciosas precisamente porque su papel en ellas era el del bobo un poco presuntuoso que recibe su simpático merecido y no el del listo que vuelve cuando todos van. Cuando hizo la milicia universitaria, el oficial ordenó formar a los estudiantes y les preguntó:

«¿Cuáles de vosotros estudia Caminos?». Y Juan, contaba él mismo, dio un paso adelante pensando que iba a recibir un trato de preferencia, pero no que el oficial pusiera a los futuros ingenieros a arreglar los jardines de aquel cuartel en el que, por cierto, Juan fue bastante feliz, en el que hizo amigos y leyó *La montaña mágica*. O esa fue la leyenda que se construyó. La carrera la hizo Juan a base de anfetaminas de las que le surtía su hermano, aunque consiguió salir más o menos libre de consecuencias de esa pequeña adicción. Por otra parte, Juan bebió vino y/o cerveza en cada comida y en cada cena desde los dieciséis años hasta los setenta y cuatro, pero nunca nadie lo vio borracho. Había una parte de disciplina en su personaje, más rigurosa de lo que se podía pensar con su manera amistosa de estar en el mundo.

Elena, la historiadora del arte, había hecho el viaje contrario de María. Se había ido a vivir a México, casada con un suizo que trabajaba en banca. En sus visitas anuales a Madrid, Elena encontraba siempre un momento para visitar a Juan y, a la inversa, en algún viaje al Deefe, Juan y María devolvieron la cortesía a un piso en la avenida Homero que María criticó después. En el año del terremoto, Hans dijo algo desdeñoso sobre la capacidad de los mexicanos de gestionar el desastre y María se enfadó. Elena se puso de su parte, pero las cenas de parejas se acabaron y los dos viejos amigos volvieron a la rutina de sus cafeterías. Hubo algunas cartas, algunas llamadas. María no necesitaba espiar a los amigos para saber que Juan se expresaba ante su vieja compañera de viajes de estudios sobre las frustraciones de su vida. Aquel verano, en el verano de Vicki, Elena llamó a Torres Blancas. Juan no estaba, María atendió. Elena le dijo que se había separado, se lo dijo como si María fuese también su amiga. Pero María no le dijo nada a Juan.

María escuchó la electricidad estática de aquellas antiguas llamadas transoceánicas en las que el tiempo parecía denso como una pintura abstracta, y pensó en las llamadas hasta su familia, en la vida pasada que se le desdibujaba como eso mismo, como un cuadro de Rothko, por ejemplo. Se sentó en la silla tubular, la rejilla ya vencida, y ofreció palabras de afecto a Elena, no del todo sinceras.

9

La silla tubular, el teléfono de góndola, la lámina de Chillida, el cartel de Cuixart, una alfombra con la piel de una cebra (¡Dios m-m-m-m-mío!), varias alfombras de yute y alguna de imitación persa, las puertas de los armarios con láminas venecianas, tan apetitosas para el polvo, las celosías de las terrazas con venecianas de madera también, pero más oscuras, las acuarelas de los amigos, el póster enmarcado de la exposición de Gerhard Richter el año pasado en el novísimo Reina Sofía, las postales del París de 1880 pintado por Pissarro, pinchadas con chinchetas en el corcho del estudio, algunas pequeñas esculturas al estilo Manolo y una gran lámina de acero corten con un martillo con una inscripción («adusta melancolía») que se quedó grabada para siempre en la cabeza de Angie (todas obras de un amigo de la carrera de Juan, admirador obsesivo de Martín Chirino), el tele-vídeo de Grundig, el lavavajillas Miele roto desde el principio, la tele pequeña Philips en la cocina, los radiadores que cada noviembre hacen el sonido divino de un goteo porque despiertan de su hibernación («y su melodía es más bella que la *Sarabande* de Haendel», dice Juan en broma), cuatro cuadros de 80 por 80 hechos en tejidos y óleos que representan imágenes dolientes y proceden de un artista mexicano de coleta y perilla, el pavés de vidrio amarillento en la pared de la cocina, los libros en francés en una estantería demasiado visible como para no evidenciar un pecado de vanidad, las novelas eróticas pudorosamente dispuestas en lo más alto de la librería de madera blanca, los elepés de Deutsche Grammophon, los de Lole y Manuel y uno de Nacha Guevara que siempre despierta la curiosidad de Angie, el tocadiscos Marantz que ya nadie usa, las bolsas verdiblancas de El Corte Inglés dentro de la cómoda de madera (estilo *mid century*, lo llamáis ahora), la moqueta color uva (Dios m-m-m-mío, de nuevo), los sofás modulares blancos, ya un poco sucios, como de película erótica de los setenta, los dos pufs, los muebles preferidos de Angie cuando era pequeña, la lámpara de cromados y plástico duro que parece un robot de *2001* de Kubrick, la mesa de la entrada de madera negra con inflexiones amarillas, rojas y azules, según el código Memphis, una especie de artesonado geométrico de madera oscura que está en el techo sobre la cama de los padres, el sofá barato amarillo en el cuarto sin nombre (cuarto de la tele), los rotuladores Edding en el hueco de ese sofá, el alicatado rojo oscuro en los baños y el verde en las terrazas, las lámparas alógenas, el tablero inclinado de delinear y las reglas verdes transparentes, las dobles filas de libros y los anuarios de Difusora Internacional, el bonito calendario desplegable del Colegio de Arquitectos pinchado también en el corcho del estudio, los ceniceros, humildes unos y escultóricos otros, una talla de una virgen mutilada que fue rescatada del Rastro, una foto trajeada de Ramón Gómez de la Serna enmarcada como si fuera el abuelo Ramón, un estante lleno de juegos de mesa, los VHS recientemente llegados a casa, entre los que destacan por sus bonitas fundas los de marca Polaroid, un armario que guarda tecnología ya obsoleta, incluida, precisamente, una cámara instantánea Polaroid junto a otra cámara superocho, un retrato de María junto a Miguel Ángel Asturias, uno de Juan saludando al rey, su tocayo, la vajilla de Nochebuena en tonos azules oscuros y granate, varias piezas de esfalerita (hemos tenido que buscar el nombre) verdes y rojas, un ordenador instalado sobre una fea mesa de plásticos baratos, su impresora, siempre demandante de papel y tinta como una novia libanesa, una bonita colección de mapas (Perú, Moscú, Francia para automovilistas, etcétera), un mueble bar de metal y vidrio azulado, lleno de licores que nadie beberá jamás, algunas cajas con antigüedades no inventariadas (incluido un mantón de Manila), los libros infantiles y algunos juguetes entre los que destaca un coche de trapo en rayas azules y blancas, dos carpetas de cartón con recortes de prensa, una foto de Marina, Carmelo y Juan, edredones de rayitas celestes que parecen muy modernos comparados con las mantas del viejo mundo, y sábanas blancas marcadas por los cigarros, las copas cortas de vidrio transparente y de formas organicistas, los vasos de nocilla cuadrados en la base y circulares en lo alto, la coctelera plateada, las cartas en un cajón de madera con llave y un fax de marca Alcatel que provocó una famosa broma en la familia Llovet:

—Carmelo, para enviar el fax, tienes que poner la hoja sobre esta bandeja, entonces tecleas el número, le das al botón verde y dices muy despacio: «Ahí va el fax».

Y el tío Carmelo se pasó años de su vida hablándole al fax, porque, además, le cogió afición al trasto, se instaló uno y lo empleó como su medio de comunicación preferente con el mundo, que tampoco era mucha comunicación. Cuando, años después, Angie y su madre fueron a ver *Lost in Translation* y vieron la escena en la que Bill Murray se despertaba porque le llegaba un fax con nosequé tontería del tipo «¿qué color de moqueta prefieres?», las dos se rieron al recordar a The Mel.

Luego intentamos seguir con el atrezo, si encontramos el momento. Pero hay algo que reseñar antes:

Después de ver *El cielo protector*, Angie imitó aquella cosa que hacía Debra Winger en la película, cuando la convertían en presa de un harén en el desierto y ella tomaba las hojas de su diario y las colgaba del techo de su alcoba como si fuera un artesonado. ¿Es la segunda vez que empleamos la palabra artesonado en este capítulo? Las coincidencias existen, sí. Bueno, el caso es que, como en *El cielo protector*, Angie tomó sus apuntes de tercero, los deshojó y los grapó en el techo de su habitación en un tejido ortogonal, digamos que de norte a sur y de este a oeste. Juan lo vio y dijo «qué bonito, Angie» y algo más sobre el situacionismo, algo que su hija no entendió. María lo vio y pensó, «Dios mío, quién va a salvar a esta familia de esta tendencia al desastre y a la autodestrucción».

Angie ha vuelto de la última mañana de exámenes de Selectividad y se ha desplomado sobre su cama, que chirría un poco. Ha mirado su *collage* colgado del techo y ha pensado que se arrepiente de él porque cuando lo hizo, al principio del verano pasado, antes de la muerte de Victoria, esa manera de convertir los apuntes en guirnaldas era un gesto de secreta arrogancia, una especie de desfile triunfal sobre la tierra sometida que, en ese caso, fue el país de Tercero de BUP, sus asignaturas, que se presentaron como un ejército temible, pero se habían revelado pan comido. Ahora, al cabo de un año, después del cúmulo de cincos y seises que ha sido COU, Angie se siente el invasor que tiene que abandonar su colonia por la noche, sin honra ni botín. ¿Qué estudiarás en septiembre, Ángela Llovet? En caso de que apruebes Selectividad, que dices tú que sí, pero quién sabe. Hay carreras para los expedientes mediocres, sí, pero ¿cuál es tu autoestima ahora? Angie había pensado en hacer Arquitectura, un poco inspirada por el amor de su padre por Torres Blancas, pero ese proyecto se le ha desmoronado en el malhadado curso 1994-1995.

Y el caso es que en ese momento de un mediodía atorrador de junio, desplomada sobre una cama infantil cuyos muelles crujen insospechadamente para lo que cualquiera esperaría de un señor piso de Torres Blancas, Angie es consciente de la lámina de Chillida, el póster de Cuixart, las sábanas con quemaduras, la virgen mutilada, la foto del rey, es consciente del mismo armazón de hormigón, vidrio y madera que es el piso, y es consciente de que su pequeña y desunida familia carga con un equipaje demasiado pesado, del que habrá que desprenderse. Eso es lo que ha hecho su madre, y es el destino que le espera. Para Juan, todo va a ser más difícil. Como en las canciones de Bruce Springsteen, la vida será huir o arder. Leed este símil como una pequeña broma, por favor.

De repente, Angie siente pasos, los pasos arrastrados de un padre que siempre había sido bullicioso y alegre, y que ahora parece un fantasma ante la librería del estudio. Juan está ensimismado en el recuento de sus libros como si fuese, él también, un general que cabalgara muy lentamente entre los cadáveres de una batalla. Angie camina hacia él y vuelve a ser consciente del lugar, es consciente de que por ese inmenso piso se pasea como se pasea por las calles de una ciudad, que hay pequeñas inflexiones, caminos alternativos, pequeños cambios de luz. Cuando, por fin, llega a Juan, padre e hija se abrazan y no hablan, y Juan le explica que ha apartado algunos libros que «son para Mamá o son de Mamá, no sé». Y sólo después de una pausa, cambió su expresión y se acordó de los exámenes de su hija y le preguntó: «¿Cómo te ha ido?».

Leve y triste la sonrisa.

—¿Por qué no nos vamos a comer a Pizza Jardín? Bueno, se supone que yo voy a estar en lo de la película de Marina, pero ya te imaginas las ganas que tengo.

—No, ve con la tía. Yo necesito dar un paseo ahora.

—Te vas a asar.

Así que padre e hija se separaron. Antes de salir, Angie quiso ducharse, quitarse el polvo y el sudor del día que arrastraba desde la Ciudad Universitaria y que le olían a fracaso y a empezar otra vez, y en el baño, a medias desvestida, fue de nuevo consciente del lugar en el que estaba, fue consciente del detalle del toallero, una bonita pieza metálica que destellaba sobre el alicatado rojo original y que veía todos los días del año. Y que, por eso mismo, ya no veía nunca, nunca hasta ese momento, e intuyó entonces Angie que el viaje de despojamiento que habría de empezar, *born to run*, no iba a ser un viaje libre de dolor.

Al salir del baño, envuelta en una toalla áspera, Angie marchó al vestidor del estudio en el que su madre guarda la ropa y encontró unos zapatos abiertos, unas casi sandalias que María no llegó a meter en su equipaje la semana pasada y que describiremos como de aire mexicanizante, a falta de más conocimiento. Durante años, nuestra niña había calzado botas militares incluso en verano y había odiado esa sensualidad que consideraba decadentista en la ropa de su madre. Hoy, abrumada por el calor y agrietada en su pared de hormigón, Angie pensó que ya estaba bien de Doc Martens, así que se calzó las casi sandalias de su madre. Miró los dedos de sus pies, de un blanco rosado, y se acordó de que, hace no tanto, vivió obsesionada con su cuerpo. ¿Qué me hace reconocible? ¿Hay algo en mi hecho físico que encaje mal con el mundo y de lo que quizá no sea consciente? Como le ocurre a esa gente que tiene una voz demasiado aguda o que lleva un olor corporal fuerte. ¿Me querrá alguien por estos huesos y esta piel, por estos pies sin gracia y por este pelo con el que nunca sé qué hacer? ¿Me gustará hacer el amor? Claro que sí, cariño. Nunca sabemos cómo nos perciben los demás, ni siquiera los demás que nos quieren. Angie tomó un huevo duro y un vaso de coca cola con poco gas, esa era su dieta favorita de los últimos días.

Al salir de casa, a Angie le gustó la bofetada de calor seco porque, en su brutalidad, la sacó del ensimismamiento. Los pasos, inconscientemente, la llevaron al interior del barrio de Prosperidad y, casi sin darse cuenta, hasta la colonia semiabandonada que está más allá de la calle Alfonso XIII, el conjunto de casitas que, cómo no verlo venir, alguien habría de restaurar algún día con gran provecho.

Allí se exilió durante este año Silvia, la madre de Victoria, otra madre en huida. En el jardín delantero, Angie vio ropa tendida y una jacaranda, y el olor un poco repugnante del hachís. Angie reconoció ese olor de un día con los javieres y Pablo Aragón. El coche de Air Bissau estaba aparcado en la acera. Angie no pudo verlos, pero Silvia y Henrique dormían juntos en el interior. No habían hecho el amor, sólo se habían vuelto a adosar, él envolviendo el cuerpo de ella. Como un refugio último del amor.

Los quioscos habían cerrado. Los porteros se refugiaban en sus chiscones y clausuraban sus portales, fuentes de un extraño frescor como de iglesia. ¿Por qué tantos edificios de viviendas de los años sesenta y setenta tendrán murales aztecas en sus portales?

10

A veces, aquella misma tarde, por ejemplo, Angie sentía que se desvinculaba del mundo, que había una especie de disociación entre el adentro y el afuera y que ella sólo estaba a salvo en el adentro. Hacia fuera, el mundo le parecía hecho de superficies rugosas y polvorientas, de olores ásperos, de texturas repugnantes, de piezas que no encajan, de cambios de temperatura absurdos, de locales abandonados, de descampados, de niños retadores que van por la vida como si ellos estuvieran enterados de que esta fuera una lucha por la supervivencia, de porteros, taxistas, camareros y funcionarios hostiles que actúan a la defensiva, de deseos ajenos que acechaban con una promesa de terror y humillación. Hacia dentro, la vida estaba hecha de perfiles nítidos, de colores planos y potentes, de timbres claros, de miradas amistosas y de calles rectas.

Desandaba sus pasos Angie desde la casa de Silvia y Henrique por la calle Clara del Rey, que no es exactamente recta pero sí que es más ancha y sombreada, más nítida en su recorrido que las muchas callecitas, a medias suburbio y a medias pueblo manchego que en 1995 eran el barrio de Prosperidad. En los *walkman* escuchaba una canción de Lightning Seeds llamada «Pure», que le parecía eso mismo, un refugio de perfecta nitidez ante la herrumbre del mundo, y en los ojos llevaba unas gafas de sol viejas de su padre, unas gafas de vidrios negros de hombre y de patillas de carey gruesas que le quedaban enormes, pero que le funcionaban como antifaz, parapeto, filtro ante las impurezas de los otros. Su aislamiento era casi perfecto, perfecto si no fuera porque Angie era demasiado consciente de caminar sobre las casi sandalias mexicanas de su madre, era demasiado consciente de que caminaba con poca naturalidad porque no estaba acostumbrada a arrastrar unos zapatos abiertos así, demasiado consciente de que sus pies estaban desprotegidos ante la realidad, ante la suciedad, ante la mirada del mundo, demasiado consciente de lo que había de impudicia. ¿Preferiría ir calzada con unas zapatillas de lona, con unas botas militares, sudorosa pero protegida?

Just lying smiling in the dark Shooting stars around your heart Dreams come bouncing in your head Pure and simple every time
Now you're crying in your sleep I wish you'd never learnt to weep
Don't sell the dreams you should be keeping Pure and simple every time.

Y así, mientras Angie caminaba ensimismada en la música y en sus pies, la cabeza tan baja y las gafas tan negras, ha visto aparecer el morro de un coche blanco que inmediatamente ha identificado como un Volkswagen escarabajo de los antiguos, qué cosas tienen las neuronas a veces, qué deprisa pueden ir para lo que no importa, y le ha tocado la pierna seis centímetros por debajo de su rodilla, aunque el choque ha sido ya sin fuerza, más como una caricita que como un atropello.

¿Sonó el chirrido de un frenazo? Había sido imposible escucharlo tras el muro de sonido de «Pure».

—Angie.

—Mame.

Y a Angie le hizo gracia esa conversación circunspecta ante la fatalidad, como de caballeros londinenses del Pall Mall, y entonces le gustó reconocer la cara de su vecina y ya ex profesora de Filosofía a bordo del Escarabajo blanco, un coche que en ese momento apenas empezaba a ser sexy. El corazón del mundo acababa de descubrir el encanto de lo antiguo, del *vintage*, como se empezaba a decir, y la profesora Mame, como mínimo, contaba con una buena cabalgadura. Angie bajó las gafas de sol grandes y sonrió, aunque la sonrisa tenía una gotita de desesperación evidente.

¿Cómo estás? Vamos al médico, no hace falta, no te vi, no te vi pero te sentí, etcétera, etcétera. Te llevo a casa. Vale. En la radio sonaba música clásica, el *Andante Festivo* de Sibelius en una versión tomada de un vinilo, tan parsimoniosa y matérica que casi crujía en los acordes del principio, que no parecen hechos para anunciar que Dios ha llegado a la tierra, sino el momento un poco posterior en el que todo es un poco más doliente. Y tuvo que ser la música la que hizo que algo volviera a cambiar en el ánimo de Angie, que era como una montaña rusa. Así que cuando el borrachín de Sibelius se fue difuminando y Mame le preguntó por los exámenes, ya he visto que os cayó Savater, Angie sintió que las lágrimas le salían de ninguna parte, igual que el coche de Mame se le vino encima. El llanto fue breve, inesperado e intenso.

Y Mame, con una naturalidad que Angie había olvidado que existía, la tomó por los hombros y la besó en la frente y apagó el radiocasete, que le den a la independencia del valiente pueblo finlandés y a su canción. Ciento cincuenta veces habremos vuelto a escuchar los narradores de esta historia las piezas *Andante Festivo* y su hermana oscura, *Finlandia Opus 26* del gran Jean Sibelius, y nunca más hemos sentido algo comparable a ese momento de desmoronamiento y compasión como el que vivimos ante la niña quebrada.

—¿Qué vas a hacer ahora? Vente a comer conmigo.

Y aunque Angie se había vuelto desconfiada de los afectos y de las generosidades ajenas, se abandonó al calor de su antigua profesora, la joven y obviamente diferente Mame, desenvuelta, irónica, guapa a su manera no tan obvia, de aires que Angie habría descrito como levemente neoyorquinos, libre de la pesadez y de la tristeza que empapaba a todo el mundo alrededor de Angie. En realidad, a Angie no la esperaba nadie, nada más que alguna comida que recalentar, de modo que aceptó la invitación y recompuso su cara, se volvió a colocar las gafas de sol y lanzó una casi carcajada nerviosa que brotó como brota el agua de la tierra. Angie había regresado de las moradas del alma.

—Vas a ver a una persona en mi piso, pero no vas a decir nada y vas a actuar con naturalidad.

Angie ya había escuchado aquí y allí que Mame, que tenía veintinueve años pero a la que sus alumnos percibían como a una mujer indiscutiblemente adulta, con su título universitario, su coche, su nómina, su piso en Torres Blancas y un libro de relatos publicado en una editorial respetable, era la novia de Ignacio González Francés, gentil varón del curso de 1975, hombrecito de 184 centímetros de altura, hombros anchos, rasgos regulares, corte de pelo minimalista y mirada a veces un poco enloquecida, casi que parecía un modelo de Calvin Klein. Buen estudiante y mal bebedor según la leyenda, famoso a escala local, motorista de pequeñas cilindradas… Modelo perdido para los ojos de Angie en la Facultad de Derecho de la Universidad Complutense, pero presente en algún lugar cálido de la memoria.

Al abrir la puerta del piso en la planta 6, Mame dijo cantarina «Ignasi», así, a la catalana, y Angie pensó en que quizá le esperase un futuro de apodos íntimos, de nombres secretos que sólo han de compartir los amantes. ¿Cuál será el suyo? ¿Quién se lo dirá? ¿Cuál será «Ignasi, estás visible»? Ignasi estaba visible, sí, cómo no iba a estarlo, pantalones de lino claros, pies descalzos, camiseta blanca, expresión de timidez, controlada timidez. Yo te conozco del colegio. Sí, claro.

Sonrisa un poco nerviosa. Ignacio parece habitar en otro mundo comparado con sus compañeros de clase. Se enfrentaba a la conversación de cortesía con cordialidad, sin dobleces ni desconfianzas, sin exageraciones ni sobreactuaciones. En tu curso está el hermano de mi amigo Luis, qué tal en Selectividad, yo lo pasé fatal esos días, me acuerdo de volver a casa y sentirme vacío de todo, incapaz de acordarme de nada de lo que acababa de escribir en el examen.

¿Es ese el efecto relajador que da el hecho de acostarse con alguien con regularidad y con dulzura, como les suponía Angie a Ignacio y Mame? Por segunda vez en veinte minutos, Angie pensaba en que tenía dieciocho años y que vivía ante el sexo como el bañista que tiene los pies en el mar antes de la primera zambullida del año, y que mira al océano con curiosidad, angustia y una promesa de plenitud. Incierta promesa, sí. Le acechaba un humillante suspenso en Selectividad y pensaba, ¿hasta cuándo sería virgen?

El piso de Mame en la planta 6 era reconocible para Angie y, a la vez, era diferente en todo, porque en vez de ser una pieza terminada y compuesta como un escenario en el que hacer la gran función de la vida, que eso era lo que parecía el piso de sus padres, estaba medio vacío y era imperfecto; parecía una mezcla de muebles baratos (un tablero de madera basta sobre unos barrotes metálicos, un sofá desvencijado), bromas (carteles de películas de los años setenta, acuarelas de monstruos pinchadas sobre las paredes con cuelga fáciles, una máquina de pepsicola empleada como armario), con antigüedades que a Angie le parecieron más valiosas de lo que en realidad eran. El salón aparecía divido por un gran banco de trabajo de al menos dos metros de largo y uno de alto, que alojaba en desorden tres alturas de libros. En la balda superior, algunos libros se ofrecían boca arriba, como si fueran un mosaico de teselas de colores.

—Algo tengo de tu padre, lo busco —dijo Mame.

—No, deja, de verdad.

—Yo me imagino que te tienen que dar escalofríos e incomodidad los libros de tu padre, pero con el tiempo verás lo que escribe con afecto y no con ironía.

—No es ironía, es, no sé decirlo.

—En realidad, a mí, el escritor que me gusta de tu familia es tu tío Mel, pero no el de los sesenta sino el incomprensible y cubista.

Angie tenía bien construida su idea de lo que significaba cubista, pero no se le había ocurrido aplicarla a las confusas novelas tardías de Carmelo Llovet que había leído en los últimos años, historias que se deslizaban desde el realismo hasta el caos y que luego volvían a la luz. Pero le parecía a Angie que la palabra estaba bien puesta y que era una promesa de otro tipo de placeres que la asustaban y la atraían. Como el mar, el sexo.

(Nota: resultó que Mame tenía dos ejemplares firmados por el fantasmagórico Mel, al que había abordado en la piscina y en el ascensor y que había sido amabilísimo con ella).

El viaje de Mame en su escarabajo blanco había consistido en una cabalgada hasta una fea calle en la continuación de General Perón, en la que, casi escondido tras una puerta maciza y un caligrama desconocido, permanecía abierto el primer restaurante japonés de Madrid, exuberantemente llamado Naomi como si fuese una parodia del destape de los setenta, pero austero en su interior como taberna de puerto. Mame traía comida de aquel Naomi, ensaladas de algas, makis y tempuras, sabores de los que Angie sólo sabía de oídas y de leídas, y que, dispuestos sobre el tablero de madera basta (adornado con delicados mantelitos individuales de color granate), parecían juguetes, y la invitada por sorpresa parecía una niña que entra en el salón en la mañana de Reyes.

Bendita sea la comida japonesa, maldita sea nuestra condena porque nunca volveremos a probarla por primera vez en ese estado de fascinación y repugnancia, de torpeza risible y de asombro por la delicadeza de un montoncito de arroz atado con una pasta de algas. Era ese estado juguetón del alma el que Angie necesitaba para bucear hacia la superficie y volver a reír y volver a ver el mundo con ligereza. Ignacio ponía cedés: PJ Harvey, Pavement, Paul McCartney & The Wings, Elvis Costello, Mano Negra. Mame servía cerveza y poder beber alcohol así, con naturalidad y sin el objetivo inevitable de la borrachera, era algo nuevo para Angie. La conversación trataba sobre el colegio. Mame se permitía pequeñas mordacidades sobre sus colegas, con especial crueldad hacia un jefe de estudios obsesivo y corredor de maratones llamado Martínez.

Al parecer, alguien llamado Edgar Neville, de quien Angie no tenía noticia, fue un joven guapo y apuesto que sufrió hipotiroidismo y que, de un día para otro, se convirtió en un gordinflón del que todo el mundo se burlaba. Cuando hablaba de su muerte, Neville decía que esperaba que inscribieran en su tumba: «Al fin en los huesos».

—Lo que yo quiero es que, cuando me muera, pongáis en mi tumba «al fin sin Martínez».

Ignacio empezó a decaer. La noche anterior, los amantes habían salido de noche y se habían emborrachado. Ella con moderación y él con imprudencia. Se disculpó y anunció que dormiría una siesta. Mame y Angie se quedaron solas y Angie volvió a deslizarse hacia la derrota y, entonces, después de algunas palabras de consuelo encantadoras pero sin mucha sustancia. Mame se acercó al equipo de sonido que había quedado en silencio y buscó otro cedé, una colección de canciones antiguas que Ignacio asociaba a Marlene Dietrich, pero que en realidad eran un repertorio variado de la época de Weimar cantado por varias voces. Y la música se apoderó del momento y el idioma alemán sonó suave y amigable. Angie fue al baño, lo anunció con una frase tan vulgar como «me meo, tía», pero dicha con una melodía dulcísima que expresaba toda la ligereza que había anhelado durante este año. Y en el camino del lavabo, Angie entrevió a Ignacio descamisado y dormido sobre un colchón en el suelo, y se detuvo un segundo de camino al baño, y algo más de un segundo cuando volvía, y en esa parada deleitosa y culpable, sintió que Mame la veía. Lo sintió como había sentido el morro de su Volkswagen acercarse a besar su pierna.

Mame le sonrió con dulzura.

—Es guapo, eh.

Sonrisa tímida.

—Se coge unas tajadas que no puede ser. No sé cómo voy a explicarle que tiene que tomárselo con calma.

Lo rugoso de la vida se volvía nítido con muchísimo esfuerzo. Sin embargo, lo nítido se convertía en rugoso en cuanto las piezas se desencajaban.

*   *   *

Sólo añadimos unas líneas más que hemos encontrado en el periódico y que quizá expliquen el piso de Juan y Angie y el de Mame.

«Para la generación de mis padres, amueblar una casa consistía en ir a una tienda de muebles que estaba vinculada a un taller y a un carpintero y encargar un conjunto a medida —explica Pedro Feduchi, arquitecto y profesor de la Universidad Politécnica de Madrid—. Había algunas opciones, no muchas: más claras las maderas o más oscuras, más moderno o más clásico, más juvenil o no… Se encargaba el salón y el dormitorio, nacían los niños y se encargaban sus cuartos. No había margen para la expresión personal. Sí que había un sentido evidente de la expresión del estatus. Había salones amueblados con mejores materiales que otros».

«Las importaciones de muebles eran rarísimas porque los aranceles eran muy altos —continúa Feduchi—. Pero, en los años cincuenta, cuando empezó la apertura de la economía española a Europa, se instalaron algunos fabricantes de muebles extranjeros en España, igual que se instalaron algunas marcas de coches franceses e italianos y se empezaron a ver Renault y Fiat por las calles. Fábricas. En paralelo, empezaron a aparecer tiendas de muebles buenas que ya no ofrecían el conjunto del salón, la cocina o el dormitorio, sino que se centraban en muebles concretos». Y ahí sí que empezó la idea de que una casa dijera algo de la personalidad de sus habitantes. «Llegó la televisión. La televisión fue muy importante porque transmitió otra manera de estar en casa. La manera de sentarse en el sofá, por ejemplo...». Los muebles ya no hablaban tanto del estatus económico de sus dueños ni de su adecuación a la idea de lo socialmente correcto, sino que invitaban a un estar bien doméstico.

Vista así, la aparición de Ikea pocos años antes del cambio de siglo, parece la culminación de un proceso largo: de la rigidez a la informalidad; del sentido del estatus al igualitarismo en los precios y las calidades. «Para mi generación, la aparición de Ikea fue un *shock*. A mí me cogió un poco antes de tener hijos, y he comprado muchísimos muebles de Ikea y he estado satisfecho con ellos. La gente, al principio, compraba cosas que en realidad no necesitaba. Y nos quedábamos estupefactos al montar los muebles. No podíamos entender que el tornillo X tuviese que ir necesariamente en el hueco Y».

La casa de Juan estaba en la mitad de ese viaje. Los muebles habían ido llegando de uno en uno, valiosos en sí mismos y apreciados por los placeres que prometían, pero aún caros y pesados. No muy convencionales, porque sus dueños eran gente sofisticada y culta, pero, en el fondo, burgueses y sólidos. Después, el pequeño atrezo del día a día había terminado de llenar el aspecto de aquel piso, muchas veces con ironía y dulzura, otras veces chapuceramente. Eran las marcas que iba dejando la vida, y que tendían a ser contradictorias, bendita sea.

En cambio, el piso de Mame estaba habitado sin dinero y por aluvión, lleno de cacharros llegados de aquí y de allá, hecho con una butaca de tercera mano, con una mesa de carpintero, con unos barrotes que hacían de armario: un conjunto que no pretendía llenar el espacio sino hacer de la vivienda una obra en marcha en la que vivir con libertad y amor. Y Angie, chica lista, ha intuido ese encanto.

11

La película de Marina empezaba como una pequeña parodia. La fotografía tenía la textura de película superocho, apenas enfocada, desdibujada como acuarela, con pequeños saltos en la continuidad de la imagen y aires de subproducción de 1974. Se desvelaba un primer plano de Carmelo, peinado como Elvis, con las gafas de sol negrísimas y el traje aún más negro. Su cabeza está girada en un ángulo de 45 grados y su expresión es intensa y granítica. Unas letras naranjas de tipografía psicodélica se sobreponen a su cara y dejan leer la leyenda: «The Mel. Camiseta número uno».

Sonido de autopista de fondo.

Cambio de plano. Carmelo, The Mel, aparece vestido de portero de fútbol con un graderío vacío de fondo. En su jersey negro aparece un número uno blanco. Su pelo ha cambiado, se ha liberado de la gomina y cae sobre su cara en un flequillo digamos que juvenil. Pese a que está vestido de portero, sigue con sus gafas negras. Los planos son cortos. Bloca un balón, sonríe. Intenta patear el balón con su pierna derecha, pero sólo acierta a la tercera. Lo vemos acercarse a la cámara. Sonríe de nuevo y dice algunas palabras que no escuchamos porque sigue sonando la autopista, pero que adivinamos inocentes y sencillas como solían ser las declaraciones de los futbolistas de los años sesenta.

Cambio de plano. Carmelo conduce un Mercedes Pagoda blanco en dirección a la rampa de hormigón de Torres Blancas. Mujeres jóvenes vestidas al estilo yeyé lo reconocen al franquear la puerta del edificio y lo miran con ojos de arrobo. Él actúa como si fuera un pequeño James Dean, con una expresión de tensión y tristeza. Se acercan al coche las chicas, hablan con The Mel, pero no los escuchamos. Carmelo aparca el Mercedes, toma el ascensor y entra en su piso, vacío de muebles y envuelto en plateado. Toma una guitarra del suelo y toca una música que, de nuevo, no escuchamos. El siguiente plano está tomado desde el suelo de ese mismo piso. La pierna de una mujer sobre un zapato de tacón rojo parte la imagen en dos. Carmelo se acerca sin cambiar su expresión hasta que vemos su pierna pegada a la de la mujer. Imágenes de flores y de abejas, sonido de autopista. Cambio de plano. The Mel en el balcón, fuma con expresión nerviosa. Empieza a sonar la «Obertura» de *Tannhäuser*. La fotografía está casi velada por la sobreexposición. La mujer, de nuevo de espaldas, se acerca a Carmelo. Lo besa, pero Carmelo no expresa nada con su cara. La mujer se da la vuelta y se va. Al hacer ese giro, descubrimos que lleva una máscara de sapo.

Cambio de plano. Carmelo vuelve a conducir el Mercedes. Lo vemos meter tercera, cuarta, quinta. Primer plano muy cercano. Hay una lágrima que asoma entre las gafas de sol. Cambio de plano: la cámara, temblorosa, se acerca a unas fotografías de una joven de aspecto bondadoso. Carmelo conduce. Cambio de plano: aparecen insertadas imágenes y estruendos de accidentes de coches. Cambio de plano. Vuelve el sonido de autopista. Carmelo aparece en una silla de ruedas, solo, en el mismo piso vacío que hemos visto unos segundos antes. Como siempre, lleva sus gafas de sol. Toca una guitarra que no escuchamos. De pronto, la chica de la fotografía se acerca y lo toma de las manos. Hablan, pero no los escuchamos. Se besan, más con dulzura y consuelo que con lujuria. En el siguiente plano, The Mel vuelve a aparecer en la camilla de un fisioterapeuta. Su expresión es de sufrimiento. La chica lo acompaña. Le dice palabras que suponemos de ánimo con expresión dramática. Su pelo es una colmena encima de la cabeza. Cambio de plano. Suena «La vida sigue igual», de Julio Iglesias. Carmelo aparece cantando y tocando la guitarra, aunque no está acompasado a la canción de Julio Iglesias. Está en el escenario de lo que parece un pequeño club de *jazz* de los años setenta, aunque en realidad es el mismo piso envuelto en plateado, fácilmente reconocible. El público aplaude. La chica buena llora de felicidad. La cámara vuelve hacia Mel, que está vestido como si fuera un cantante melódico, con un jersey negro bajo una chaqueta americana de color tabaco. La cámara se pone a su espalda y la imagen aparece cegada por un momento por un contraluz. Cuando se estabiliza la sobreexposición, vemos que Carmelo se quita la americana y descubrimos que el jersey negro que lleva tiene un número uno grabado en su espalda. Vuelven las letras psicodélicas naranjas. Aparecen el nombre de Carmelo Llovet, The Mel y la leyenda: «Resiste».

Entonces, pasamos a un fundido a negro que dura cinco segundos. Cuando la imagen reaparece, la textura de la película es completamente diferente: el sonido ha pasado de abstracto a hiperrealista, oímos cómo crujen las máquinas, cómo suena el agua en el vaso. Antes de ver los cuerpos, escuchamos su conversación. «¿Cómo estás?». «Me puse la camisa esta medio de invierno, que me pareció que iba a estar más digno, pero no sé si voy a sudar como un pollo».

«Igual tomamos una cerveza ahora y nos relajamos un poco todos». Las imágenes, que han sido confusas hasta ahora, se vuelven nítidas. La fotografía es mucho más precisa en los perfiles y está bien contrastada en blanco y negro. Descubrimos que la persona que habla es Juan Llovet, con la cara limpia, bien afeitado y peinado para atrás, pero ojeroso. Sentado en una silla tubular y en un escenario vacío, abstracto, Juan cuenta una anécdota.

—La historia del Mercedes Pagoda la he contado mil veces. Yo tuve ese Mercedes porque quebró un cliente mío y en su quita me tocó el Mercedes. Yo no tenía especial interés en el Mercedes porque yo qué sé, a mí los coches tampoco me gustan tanto y ya tenía un Dos Caballos rojo que me encantaba, pero fue lo que me tocó, y qué le iba a hacer. O sea que me vi con treinta años y soltero con un Pagoda que te mueres, un cochazo que, por cierto, nunca supe cuidar y al que traté muy mal, que me perdonen los dioses de los coches. Lo sacaba para ir a la farmacia, cosas así, y un coche así no se usa para eso. Pero bueno, la anécdota en sí consistía en que un día voy con el Pagoda por la calle Padre Damián, paro en un semáforo y al lado se me para un taxi. Y entonces se baja la ventanilla, se asoma Julio Iglesias y me dice: «Yo tengo ese coche, igual, me encanta». Y lo siguiente es que el taxi arranca y se va y yo no le llego a decir nada, claro.

Aparece entonces una imagen de Carmelo en un Pagoda blanco, otro Pagoda, conduciendo por un paisaje a medias rural, a medias suburbial. Suena música de *jazz*.

Lo siguiente es una imagen de una cama deshecha en el mismo fondo plateado y abstracto en el que hemos visto hablar a Juan. Al lado de la cama aparece una cajonera del gusto antiguo, en la que asoman blísteres de medicinas, periódicos antiguos, una botella de vino metida en un saco. En la misma cama aparecen algunos jerséis de colores doblados, una máquina de escribir portátil y un cenicero rebosante. Las sábanas están sucias. La cámara muestra esa cama suspendida en ese espacio vacío e irreal durante medio minuto.

Entonces, Juan empieza a narrar su infancia. Intentaremos ser lo más sintéticos que podamos con su narración.

Uno: Carmelo fue el enemigo de Juan desde que este tiene memoria. No se declara inocente ni víctima de esa rivalidad, sino que asume su 50 % de culpa. A la vez, Carmelo es la persona a la que siente más cercana, cuyos sentimientos puede reconocer más instintivamente. Dos: los dos hermanos Llovet fueron excelentes estudiantes. La principal motivación de Juan a los trece años era superar las notas que había sacado el año anterior su hermano mayor. Tres: Juan era naturalmente simpático. Caía bien, era guapo y delgado y recibía el cariño preferente de las mujeres. Carmelo, en cambio, siempre vivió en el lado oscuro de la luna. (¡Poeta!). Carmelo ya tenía esos rasgos como románicos con once años y el cuerpo de un *pilier* de *rugby*, torcía levemente el ojo derecho, hablaba como si la voz le viniera del estómago y, pese a que su masa parecía pesada, se movía nerviosamente. Cuatro: la madre se desesperaba con Carmelo y su aire incipientemente monstruoso y colmaba de privilegios y de afectos a Juan, el encantador. El padre, en cambio, se enternecía con el carácter tozudo y brutal de Carmelo y marcaba distancias con Juan, quizá porque lo sintiera encantador y seductor como él, un posible competidor. Cinco: Carmelo viajó a Francia con el padre una semana antes de la desaparición de este. Carmelo se volvió impulsivo después de la desaparición. Después, empezó a tener periódicos momentos de violencia. Se metió en varias peleas en el colegio, se emborrachó en una taberna y, en una discusión entre hermanos, apalizó a Juan. Seis: Marina era casi un bebé entonces. Fue el pegamento que mantuvo unidos a la madre y a los hermanos. Siete: Juan no fue consciente de la parte de humillación que estaba implícita para su madre y para su hermano en la desaparición de su padre. No lo entendió hasta muchos años después. Carmelo sí que se dio cuenta y ha escrito sobre ella obsesivamente. Ocho: el padre de Marina se parecía a Gary Cooper. La madre, a Ingrid Bergman. «Pero de cara, no de cuerpo, como decía ella». Pequeñas carcajadas. Nueve: la madre fue amiga de Ataulfo Argenta y Juan recuerda haber hablado con él un día en el que apareció por la casa para tomar el té. Ataulfo Argenta tenía aquella fama. Diez: Carmelo, en efecto, había soñado con ser portero del Athletic Club, pero nunca tuvo talento. Juan jugó más o menos en serio hasta los veintidós años en equipos de colegios y universidades. Era un extremo izquierdo, rápido, zurdo y torerito.

(La entrevista se interrumpía en ese punto y Juan leía un texto suyo en prosa más o menos poética en el que contaba de la soledad del extremo izquierdo a lo largo del partido, algo al estilo de *Retrato del artista adolescente*, y de su deseo de ser parte del nosotros que era el equipo, de la ilusión de geometrizar el mundo a través de sus movimientos tácticos y algunas pinceladas impresionistas: la presencia amenazante del defensa rival, el dolor de una patada en el costado, la textura del césped pletórico de abril…).

La película volvía al relato familiar narrado por Juan Llovet. Once: cuando la madre anunció la mudanza de la familia a Madrid, Juan lo sintió como una traición. En Vitoria había sido un niño feliz y libre, endiosado por las profesoras, las vecinas y los compañeros de colegio. Carmelo nunca dijo lo que pensaba de aquel viaje porque «ya se había instalado en su teatral mutismo». Doce: en Madrid, la madre se liberó de las miradas censuradoras que había tenido en Vitoria. Después de vivir subarrendada durante un tiempo con una prima lejana, puso su piso en la calle García de Paredes, consiguió un trabajo en el Ministerio de Emigración y empezó a alternar con antiguos amigos y nuevos admiradores. Trece: su economía era austera, pero no era un motivo de angustia, porque el mundo también era austero y era posible conservar la apariencia adecuada. Catorce: Carmelo y Juan entraron en el Instituto Ramiro de Maeztu. Juan encajó bien en su nuevo mundo. Carmelo se ganó pronto la fama de genio oscuro.

Quince: Juan y su madre tuvieron una etapa de distanciamiento en la que se comportaron el uno con el otro como novios celosos. Luego se pasó. Dieciséis: Carmelo se aficionó a las anfetaminas cuando entró en la universidad. Bajo su efecto escribió sus primeros libros en sesiones de nueve, once y hasta doce horas seguidas ante la máquina de escribir, encerrado en una habitación que, cuando por fin se abría, apestaba a tabaco, vino y sudor.

Había un corte brusco, entonces. Sonaba una canción, «Runaway», de Del Shannon. La calidad de la película era la de una grabación en VHS. Una mujer probablemente atractiva, erguida y delgada, vestida con ropa de verano y descalza, aparecía de espaldas a la cámara. Caminaba sobre el suelo enmoquetado y desamueblado del piso de Marina y Carmelo, entre las paredes cubiertas de lienzos plateados, en un escenario abstracto y fantasmagórico. Caminaba sin que llegásemos a ver su cara. Zigzaguea entre los pilares, entre las paredes que al doblarse hacen pequeñas curvas y entre las cortinas que cuelgan del techo actuando como telones. Como el escenario ha sido vaciado y no hay referencias, parece mucho más grande. La mujer puede recorrer el piso una y otra vez de modo que los espectadores creen que está en un laberinto. El ritmo con el que la mujer camina hace un *crescendo*, y lo que al principio parece un paseo, de pronto se convierte en una persecución y una huida. La canción de Del Shannon llega a su estribillo: «I wonder I wo-wo-wo wonder Why... why-why-why-why-why She ran away And I wonder where she will stay My little runaway I run- run-run-run runaway».

Y sólo durante medio segundo llegamos a ver la cara de la mujer que huye: es María, la mujer de Juan, la madre de Angie. Es el desenlace de la persecución. María aparta uno de los lienzos plateados que envuelven el espacio y sale a la terraza circular de Torres Blancas. La cámara se pierde entonces en el horizonte de la ciudad y el sonido de «Runaway» se va desvaneciendo. Fundido a negro.

Vuelve a aparecer Juan y retoma el relato. Habla de las tres primeras novelas de Carmelo Llovet, escritas entre 1963 y 1966. Diecisiete: las describe como violentas, fascinantes, urbanas, «obviamente anfetamínicas», despojadas por completo de política o moralismo, algo nunca visto en la narrativa española de esa época. Dieciocho: Juan reconoce que se sintió celoso, príncipe destronado, ante el impacto de aquellos libros, incluso ante las críticas destructivas que suscitaron. Cuenta que a Carmelo venían a visitarle admiradoras, que se convirtió en algo parecido a un cantante de pop. Que una de ellas se llamaba Sonia y se convirtió en otra cosa, en una confidente verdadera, alguien en quien Carmelo se refugió muchas veces cuando empezó a deslizarse hacia el trastorno bipolar. Sonia era una chica buena de Oviedo, alta y delgada, quizá guapa, pero tan modesta que resultaba un poco asexuada. Juan dice que era también una mujer inteligente, cuyas opiniones nunca eran conformistas ni complacientes.

Aparecía entonces Carmelo. Aparecía como un fantasma, en contraluz y en blanco y negro. Sólo está en pantalla durante diez segundos. Empezaba serio y terminaba sonriendo a la manera de Orson Welles en su primera escena de *El tercer hombre*. Después, aparecía su sobrina Angie disfrazada de vampiresa, con una mirada inconsolable. Y aparecía una escena familiar, tres adultos y una adolescente que comparten su desayuno en una mesa iluminada sobre un fondo negro.

Aparecía entonces una página de un libro en la que se leía: «Para Sonia». Aparecía otra página:

«Incensario cuyo optimismo biológico asciende —único— a esa altitud azul donde reposa Dios / y cantan los pajaritos. Gracias a Sonia». Y una más: «Escrito en la amistad de Sonia P. J.».

Juan retomaba el relato. Diecinueve: Sonia fue la que introdujo a Carmelo en la poesía ultraísta y en el arte cubista. Juan, por su parte, empezó a escribir poesía y eligió su tono amistoso, narrativo y un poco complaciente para marcar distancias con la narrativa violenta de su hermano. Veinte: Juan decía que fue una elección equivocada, que él podría haber sido mejor escritor de lo que ha sido. Peor que su hermano, pero mejor de lo que es.

Nuevo fundido en negro. Planos de Torres Blancas. Imágenes fijas. Sonido de autopista. En medio de una de esas imágenes frías, una gran vaca recorre el jardín. Son los niños disfrazados a los que vimos en las primeras páginas de esta historia. En el siguiente plano, vemos a esa vaca de juguete encima de la cama de un piso de Torres Blancas, suntuosamente decorado. Se intercalan planos de *La edad de oro* de Luis Buñuel. La niña vampiresa triste vuelve a aparecer.

Veintiuno: Juan narra que compró el piso de Torres Blancas por recomendación de su tío Íñigo cuando acabó su carrera y empezó a trabajar. Que la promoción se estaba vendiendo con algunas dificultades y que no fue difícil conseguir un precio favorable. Veintidós: Carmelo se había ido a vivir a Londres. Durante un año y medio, no supieron nada de él más que rumores que llegaban de tercera mano. Después, Carmelo volvió con una novela más metida en tres cajas de cartón y con dinero en una bolsa de viaje. Veintitrés: Carmelo compró otro piso en Torres Blancas. Hubo una discusión en el piso de la madre, algo nimio, un pequeño juego entre hermanos que acabó mal. Carmelo le dio otro puñetazo a Juan. Tenían treinta y treintaiún años. «Que conste que fui yo el que empezó el enfado, el que le estuvo molestando con alguna broma sobre Sonia». Veinticuatro: Carmelo le ofreció a Sonia irse a vivir con él a su piso nuevo. ¿Le propuso casarse? No, le propuso vivir como compañeros de piso. Sonia lo rechazó. Entonces, se llevó a Marina con él.

Veinticinco: Marina tenía dieciocho años, era la última de las hermanas que vivía con su madre, que cada vez era más egoísta y que trataba a su hija con dureza. Marchar con su hermano escritor fue una oferta irresistible. «Pero Marina pasó de ser la víctima de nuestra madre a ser la víctima de nuestro hermano. Marina fue la invitada, la enfermera, la paciente principal y la coartada en las tiranías de Carmelo». Juan se refería a Marina en tercera persona, no le habla de tú, a pesar de que todo el mundo sabe que era Marina quien dirigía la conversación.

Nuevo plano de Carmelo. Otra vez lo vemos armar una sonrisa, pero no es maléficamente como cuando imitaba a Orson Welles, sino con tristeza.

Veintiséis: Juan explica que la novela de Londres era la síntesis y la ampliación de las tres novelas de Carmelo en los sesenta. Aquellos textos de 35 000 palabras, ansiosos por llegar a su final, se convertían en una obra de 674 páginas pobladas por el mismo tipo de personajes, pero llevados hasta el límite, en una sucesión de miniaturas obsesivas y a veces incomprensibles como los mecanismos de un reloj. Juan cuenta que la estructura de la novela de Londres parece confusa y espasmódica, pero que está basada en una sucesión de momentos de opresión y de alivio. La lectura se vuelve claustrofóbica por un momento, y al segundo, luminosa y llena de aire. Veintisiete: la novela de Londres se convirtió en un mito en su tiempo. Admirado y maldecido. Veintiocho: Juan habla del gran brote psicótico de su hermano en un bar de Alonso Martínez en el que confraternizaban los escritores de la generación de Carmelo. Los testigos de aquella noche pensaron que aquel geniecillo indescifrable y feo se había emborrachado, porque estuvo toda la noche hablando en inglés y citando las tragedias de Shakespeare, hasta que alguien se dio cuenta de que había entrado en un ataque de pánico en el que nombraba a alguien llamado Jan, al que describía con un pesado anillo con una piedra rosa.

Planos de Juan caminando por la plazoleta de Alonso Martínez. Aparece Marina por primera vez. En el supermercado. En la tintorería. En la parada del autobús. Maquilla a su sobrina para su disfraz de vampiresa. Juan retoma la narración. Veintinueve: «El brote de Carmelo fue en marzo de 1977. Mi hija había nacido en enero de ese año, era un bebé. Vivíamos en el mismo edificio. A mi mujer le daba terror Carmelo… Yo tomé distancias. Decidí implicarme hasta cierto punto en su drama. Yo tenía que sacar adelante a mi familia, hacer mi carrera profesional. Era la época en la que empezaba a publicar poesía y a tener relevancia. Puede que la miseria de Carmelo fuese una forma secreta de victoria para mí. Lo digo con dolor».

«Yo he sido siempre el enemigo de Carmelo, pero también soy la persona que con más atención ha leído sus libros, el que ha ido hasta el fondo en ellos, incluso en las novelas de los últimos quince años que nadie es capaz de leer y a las que les cayó la fama de ser el delirio de un psicótico. Yo soy el que tiene las guías para avanzar en ese caos, el que sabe lo que significa la obsesión esa del hombre del anillo con la joya y el que intuye qué es lo que significan las repeticiones y las imágenes irreales. Y creo que Carmelo lo sabe. Carmelo sabe que yo sé y que yo entiendo. Y esa es una manera de amor entre nosotros».

Siguiente plano. Juan y Marina beben café en el cuarto de estar del piso de Juan, entre libros y bonitos muebles de los años setenta. La imagen es distendida. No los escuchamos hablar, pero parecen, obviamente, dos hermanos a los que el tiempo ha convertido en amigos. El sonido que va creciendo es el de la autopista. La película toma entonces el camino de su final en forma de bucle. Lo que empezó como una comedia, como la parodia de «La vida sigue igual», lo que luego se convirtió en una réplica de *El desencanto* mezclado con *La edad de oro*, mezclada con una película de terror, termina en forma de otra pequeña astracanada llamada «El hombre de la joya rosa», que imita a *Banda aparte*. Fotografía en blanco y negro. Carmelo conduce el Pagoda junto a sus hermanos. Van vestidos con grandes gabardinas, sombreros y gafas de sol. Acechan una casa en el campo, juegan a dispararse pistolas imaginarias. Van a un bar y bailan una coreografía de *rock and roll* antiguo. Entran en la casa forzando la puerta. Hay un foco que los enfoca. Una pistola. Juan está en el suelo. Mel es apresado. Marina puede escapar, monta en el descapotable y la vemos desaparecer. Un hombre de espaldas dirige la escena. La cámara hace un movimiento extraño y se acerca hasta su mano derecha. De pronto, la fotografía en blanco y negro se vuelve color y así podemos ver que en esa mano hay un anillo engastado con una enorme piedra rosa. Fin.

12

Pero todo eso de la película sólo se pudo ver varios meses después, en un invierno que fue seco y frío, y su sorprendente fama de filme de culto, en cualquier caso, ocurrió mucho más adelante, fue un *crescendo* que Angie encontró untuoso y desagradable y que quiso ignorar durante muchos años. De modo que volvemos al 26 de junio de 1995.

Son las siete de la tarde y muchos de nosotros volvemos a casa desde nuestras oficinas. Algunos, incluso, preparan el equipaje para las vacaciones de julio, y otros se lanzan a la calle en busca de aire y refresco, aunque el calor no ha empezado siquiera a hacerse respirable. ¿Dónde está Juan? En casa de sus hermanos, en la terraza, fumando junto a Marina en el comienzo de una fraternal reconciliación. Ya nos reencontraremos con ellos. Angie, por su parte, ha vuelto a su casa después de visitar a Mame e Ignacio y ha dormido durante cuarenta minutos, que le parecen muchos para lo irrespirable que es el aire de este junio ferragostano en el que el calor huele. Como un gatito, que es como siempre le ha llamado amorosamente su padre, Angie ha caminado sigilosa hasta la cocina y ha telefoneado al número que le dejó su madre en un papel.

Angie no sabe en ese momento que aquella misma mañana, María, atrapada en el tráfico, llegó dos minutos tarde a verla, a acompañarla hasta la Ciudad Universitaria. Después de entrar en la casa que había abandonado con la llave de la que no se había deshecho y de encontrar a Juan dormido en el sofá, dulce en su descanso a deshoras como el bebé que compartieron en otro tiempo mejor, después de descubrir que su niña se había ido ya, desesperada de tristeza, la pobre María había buscado un refugio en el piso de su esquiva cuñada Marina, con la que improvisó esa escena de la persecución por el laberinto de Torres Blancas. Su imagen habrá de convertirse en una escena angustiosa grabada en la memoria de miles de espectadores, tres minutos de cine inexplicable e inolvidable.

Todo aquello ha ocurrido por la mañana. Por la tarde, nadie ha contestado en el teléfono al que ha llamado Angie, que cuelga y finge ante sí misma indiferencia, de modo que hace un leve gesto de ironía por las promesas incumplidas del mundo de los adultos, por la fatalidad de la vida, que es fraudulenta, ella lo sabe.

Y piensa Angie, con frialdad, sin patetismo, cuáles son sus opciones para la tarde del día de su último examen de Selectividad, la tierra prometida de la que sus compañeros habían hablado y que habían deseado durante meses. El definitivo final de la infancia. Podría ir al cine, podría pasar la noche en su casa y saquear el mueble bar de cristal de su padre, que probablemente no se daría ni cuenta, o podría sacar a cenar a ese despojo de hombre en el que se ha convertido el propio Juan Llovet y dejarse invitar por él, que elegiría, sin duda, Al Duccio, un restaurante italiano tan antiguo como el tiempo, el lugar simbólico en el que Juan ha celebrado sus días de éxito y se ha consolado de sus tristezas. Angie también podría salir a caminar, simplemente eso, ponerse al límite y recorrer la ciudad durante cuatro o seis horas, que serían más que suficientes para llegar hasta su final, para estar en un campo feo y suburbial en mitad de una noche de verano. Pero entonces tendría que encontrar una manera de regresar a casa. No podría ir esta tarde-noche a la FNAC a regalarse un libro, eso no, y, desde luego, bajo ningún concepto se acercaría a más escenarios sentimentales después del confuso estado de ánimo en el que se quedó después de visitar la casa de la madre de Victoria. Podría llamar Angie a Javier Arregui, que probablemente la acogería en sus planes con secreta alegría. Jamás llamaría a Javier Abreu, demasiado guapo y arisco, y mucho menos a Pablo, al que considera divertido e ingenioso, pero poco de fiar. Pero a Arregui sí que lo llamaría e, incluso, se imagina una escena en la que los dos, en un momento de calma en medio de la noche, podrían hablar de Victoria, porque Angie siente una curiosidad casi angustiada por saber en qué piensa Javi cuando se acuerda de Victoria.

Su muerte, en realidad, separó aquella buena promesa de amistad que los unió y que quedó en suspenso. Por desgracia, el orgullo es una parte que pesa en el carácter de Angie. En la indecisión, Angie se va a la cocina y se sirve una lata de cerveza, y vuelve a su cuarto y rescata un CD, *Rid of me*, de PJ Harvey, y después se va al cuarto de sus padres y pone el disco en la minicadena de Juan, que tiene altavoces infinitamente más potentes y nítidos que el aparato de su habitación. Y apura su lata de Mahou, y entonces cae en que está haciendo aquello que decía que no iba a hacer bajo ningún concepto: se dirige al escenario sentimental del armario de su madre, en el que permanece casi toda su ropa, todo lo que no le cupo a María en una bolsa de viaje y una mochila grande.

Y ahí, Angie se prueba los pantalones de vinilo rojo con la americana negra sobre un sujetador también negro, y se ve guapa y un poco casquivana, al estilo de la misma PJ Harvey. Pero eso, esta vez, le divierte. Y después se prueba la camisa de piñas amarillas sobre fondo celeste que siempre odió y para la que reservó siempre la palabra «hortera» y la combina con la minifalda de falso cuero, y después se prueba el vestido negro elegantísimo que de rodillas para abajo es de transparencia, y el vestido camisero celeste un poco estilo Lady Di en Mallorca (patoso regalo de Juan, sin duda) y la falda *hippie* que combina con un chaleco de corte masculino, zuecos y gafas de sol de vidrios amarillos. Y entonces se sirve Angie una segunda cerveza y se acerca al teléfono, dispuesta por fin a llamar a Arregui, justo en el momento en el que suena otra llamada.

—Querida Ángela, soy su único amigo en la noche de la fiesta de debutantes, o más bien de acabantes. Soy, en cualquier caso, su único amigo limeño. Y sospecho que usted es mi única amiga española, permítame la libertad de considerarla amiga.

Jaime está contento con sus exámenes y no tan contento con la comida familiar con la que había sido agasajado por su familia, que ha querido escenificar su Selectividad como una promesa de prosperidades futuras en la madre patria de reacogida. «Tiene que ser alguna mierda italoamericana que vieron en una película de la mafia», dice Jaime, cuya manera de hablar cambia de un momento a otro, de modo que pasa de hablar como un caballero limeño de los años cincuenta a expresarse con la brutalidad de un adolescente madrileño. La comida de Jaime y su familia ha sido larga y ha incluido, eso sí, un hito simbólico, un alegre rito de entrada en la edad adulta: Jaime ha sido invitado a beber alcohol entre los adultos. Con naturalidad, el nuevo bachiller ha aprovechado el permiso y se ha puesto las botas.

Y con esa ligereza que da el alcohol, ha llamado a Angie y se ha presentado voluntario para que liguen sus respectivas soledades en el día de Selectividad. Ni catorce minutos ha tardado Jaime en plantarse en la puerta de Angie, extrañamente vestido con bermudas, zapatillas de lona y camiseta negra, leve y despreocupado por una vez. ¿Podría parecerle guapo este Jaime a Angie si se deshiciera de su extraño personaje como de adulto prematuro, como de estudiante de Derecho en 1960?

—Tu aspecto es extraño, Jaime.

—Te recuerdo que vistes como una *hippie* mexicana de Tlatelolco, querida Angie Llovet Siemens.

A Angie se le había olvidado que estaba disfrazada con las ropas de su madre.

—Cómo te gusta tratarme de sudaca.

—Mera latina, hermanos todos en este pedregal atorrador del que partieron hijuesdeputa herencia a coger con nuestras tatarabuelas.

—Uno: los mexicanos no son sudamericanos. Dos: a mi tatarabuela no la violó ningún extremeño.

—¿Cómo te fue hoy? Te fuiste disparada, no pude ir a preguntarte.

—Hoy casi bien o bien comparado con lo de estos días.

—A mí me fue bárbaro. Valle Inclán, me encanta, el *Romancero gitano*, me lo sé perfecto.

—¿Qué dices de Valle? No cayó Valle. ¿Qué dices del *Romancero gitano*? Ojo guiñado. Sonrisa bondadosa. Angie entiende que Jaime le toma el pelo.

—Idiota peruano.

—*Rid of me*. Te crees que porque soy un peruano vestido de Alfredo Bryce Echenique no sé quién es PJ Harvey.

Jaime informa de que prefiere a Liz Phair y también dice, con una gota de coquetería, que sospecha que tiene que oler levemente a cerveza, porque Angie sí que huele un poco a cerveza. La alusión a algo corporal como el olor en un día de calor y sudor hace que a Angie se le encienda una pequeña luz de alarma sexual. Así que impone un cambio de escenario. Coge dos latas más de cerveza, deja una nota para su padre, toma la cámara Polaroid de la caja de la tecnología obsoleta, apaga la música y lleva a su amigo hasta la piscina de Torres Blancas.

Ay, nuestra piscina en las alturas. Hasta lo alto de nuestro monstruito gris se accede a través de una escalera metálica de caracol que parece extrañamente frágil entre la gran masa de hormigón.

¿Cuántos niños habrán llorado en esta escalera, cuántos se habrán caído? ¿Cuántos enamorados se habrán mirado con deseo al verse subir los peldaños a medias vestidos? El vaso de nuestra piscina es irregular como un fiordo y tiene la fama de que su interior está a esas mismas temperaturas suecas o noruegas. Ha tenido épocas de mala salud mecánica, nuestra piscina, pero qué más da, si para la mayoría de nosotros ha sido siempre un escenario metafísico, una especie de acrópolis en ruinas en la que ser poetas alemanes del siglo XIX y donde sentir la llamada de lo sublime y de lo horrible.

Hay también unos vestuarios de las mismas maderas vasco-navarras que nuestras persianas venecianas que, a aquellas alturas del verano de 1995, están francamente mal mantenidas. El vestuario, en resumen, tiene el aire un poco amenazante de los antiguos gimnasios, húmedos y oscuros. Moradas del alma.

Angie y Jaime beben sus cervezas y se hacen retratos con la cámara Polaroid. Jaime se sube a un murete y salta como si fuera un *skater* de la Plaza de Colón, con el fin de que Angie lo capture en el aire, en el momento preciso.

Es gracioso ver esta nueva faceta de Jaime, desenfadado, ágil y de pronto corpóreo, piensa Angie, que, cuando le cede la cámara a Jaime, imita poses de modelo, como han hecho todas las adolescentes del mundo desde la Edad Media. No, no tanto, ya lo sabemos, es una exageración. Más tarde, Angie se acerca a una de las jardineras del perímetro del solario y se deja fotografiar con un gesto de naturalidad y con la ciudad de fondo. La luz de las ocho de la tarde en un día de junio es la luz de todas las luces y Angie sabe que ese es el retrato que debe perdurar de la tarde del 26 de junio de 1995, así que consigue espantar la nubecita negra que asomó por medio segundo con el nombre de Victoria, de su muerte dos pisos más abajo. Cuando la foto ha terminado de revelarse, Angie se gusta, a pesar de que sus ojos parecen algo pesados y rojizos después de dos o tres llantos. ¿Sabe algo Jaime de Victoria? Algo le habrá contado alguien, pero su nombre no ha salido nunca entre ellos, como tantas cosas que nunca son nombradas entre los adolescentes de su tiempo.

Las fotografías salen y la pareja las celebra o las lamenta, y Jaime las guarda en el bolsillo lateral de sus bermudas. Las últimas familias que apuran la tarde en la piscina fingen ignorar su presencia un poco estruendosa y levemente alcohólica. Sólo en uno de los extremos del edificio, en el solario semicircular que apunta hacia el centro de la ciudad, hay una pequeña multitud en la que Angie y Jaime no han reparado hasta ese momento. Y en el centro del tumulto está Antonio López, el pintor, y, aún más importante que él para los mirones, un equipo de televisión que ha llevado al artista de vuelta hasta Torres Blancas porque su cuadro *Madrid desde Torres Blancas*, pintado en esa misma azotea entre 1976 y 1983, se ha convertido en la pintura más cara de un artista español vivo después de una subasta en el Sotheby's de Londres.

186 millones de pesetas, toma ya. De modo que una periodista ha sentado a López en el solario, con la misma vista de la avenida de América de su cuadro al fondo, y lo somete ahora a una serie de preguntas banales que impacientan al pintor.

«¿Cómo se siente al saber que es el pintor español vivo más caro?».

«¿Qué decir, maestro, de la luz de Madrid, de los cielos de Madrid?».

«¿Y ahora, cuál es su objetivo?».

«¿Qué piensa de la reordenación de avenida de América?».

«¿Cómo hizo este cuadro?».

«¿Cree que el Gobierno debe dimitir por las revelaciones en el caso Filesa?».

«¿Cuáles son sus maestros y sus influencias?».

Ante esta última pregunta, López aprovecha el resquicio que le ha dejado la periodista y le da una pequeña conferencia sobre los cielos de Tiziano y los de Turner, sobre Morandi y sobre Rusiñol y, a medida que va disertando, el maestro piensa «que se joda la tía esta» y se pone colérico como un profesor impaciente ante una clase de zoquetes. No ha estado nunca libre de una parte volcánica, Antonio López, supuesto pintor de las cosas sencillas, de los membrillos y de los matrimonios que nunca dejan de quererse.

Por nuestra parte, nosotros seremos bondadosos: la periodista es joven y ya tendrá tiempo de aprender a ser más inconformista con su trabajo.

Respecto a Angie y Jaime, su interés por aquel momento en el que la televisión está ocurriendo en la vida es efímero y un poco embarazoso, porque dejarse fascinar sería como reconocer la adicción a la televisión que tienen, que sí, por cierto, la tienen, vaya que sí. Así que se marchan y dejan las latas de cerveza en la basura porque siguen siendo buenos chicos, y la cámara Polaroid, acabado ya su carrete, en la caja de los trastos viejos. Angie toma un billete de 2000 pesetas de su escritorio y otro de 5000 de un cajón en el estudio de sus padres. Uno marrón y el otro rojo, piensa. Se maquilla muy mínimamente y coge el periódico de la mañana, del que arranca la página de la cartelera. Por un momento piensa en cambiarse el disfraz casi *hippie* que lleva puesto, pero después decide que qué más da.

—¿Llevas dinero, Jaime?

—15 000 pesetas menos 80 que me gasté en una lata de cerveza de camino a tu casa.

—¿15 000 pesetas?

Los dos ríen. Angie le da la página del periódico a Jaime.

—Mira si hay algo que quieras ver. Si no, yo tengo una que me apetece.

Dejadnos que pongamos aquí una relación de las películas que estaban en la cartelera en España en aquel junio de 1995: *Ed Wood, Los asesinatos de mamá, Les rendez-vous de Paris, Una historia del Bronx, Batman Forever, La Sra. Parker y el círculo vicioso, Shopping, Flamenco, Seis grados de separación, Rápida y mortal, Pura formalidad, El ángel negro, Suspiros de España (y Portugal), Blankman...*

Jaime cuenta con que Angie elija *Ed Wood*, porque Angie no parece del tipo de chica que ignora el encanto frágil y misterioso de Johnny Depp, pero propone *Una historia del Bronx* porque le parece una opción más masculina. Angie le dice que la próxima vez irán a *Una historia del Bronx*, pero que ella lleva meses con ganas de ir a una película china que milagrosamente sigue en la cartelera. Y Jaime acepta, encantado con la promesa de «la próxima vez».

—Invítame a taxi, chico de las 14 920 pesetas.

—No eres tan guapa, ¿eh? Vamos al metro.

13

Y si esta fuera una película, lo que vendría ahora sería una sucesión de planos que no contasen nada en particular y que se empastaran bellamente: dos adolescentes cogen el metro al atardecer del segundo día más largo del año, entran en la estación de Cartagena, toman la línea seis, en seguida se cambian a la línea cuatro en avenida de América, llegan hasta San Bernardo y ahí salen a la calle. Los planos serían como una producción de moda en una revista dominical, sólo que ilustrada con alguna canción antigua e irresistible. Podría ser «Baby», de Caetano Veloso, cantada por Gal Costa.

Podemos imaginar los planos: los chicos miran en el andén a una señora mayor con aspecto de venir de 1950, una mujer toca el violín en un pasillo de la estación de avenida de América, hay unos niños de doce años que deberían estar en su casa, pero que corren y hacen ruido en los vagones, hay gente que fuma y un borracho que está dormido. Están Jaime y Angie, que se miran en la luna del vagón. Angie baila imitando la manera antigua, como una cantante de *soul*, Jaime ríe sin abrir la boca y achinando los ojos, Angie le coloca el pelo, Angie saca los pies desnudos de los zuecos y luego los vuelve a meter. Sale la cuatricromía de un cartel que anuncia el Renault Clio, los chicos se ríen por una vaharada de mal olor y hacen ese gesto universal de mover el aire con las manos (y ahí se ve lo que siguen teniendo de niños), Jaime sopla el cuello de Angie, pero no como un gesto de coquetería, sino para aliviar el calor, los vagones se cruzan, Angie casi se queda dormida con la cabeza sobre el hombro de Jaime, alguien lleva una foto de Dennis Rodman en una carpeta, alguien tiene puesta una camiseta de Red Hot Chili Peppers… Los chicos salen del metro como si cabalgaran. Hay una parada en un bar de viejos, hay un perrito caliente, una caña que Jaime se bebe de un trago, lo que hace reír a Angie. Se ven letreros luminosos, un camarero aburrido, un loco que habla solo. La cámara en trávelin ve a los chicos caminar y los adelanta en medio del tráfico. Un recorte de una revista pornográfica está tirado en el suelo de la calle. Esas cosas, ya conocéis el género, a todos nos gustan, aunque sea un poco tópico.

La narración debe continuar. Nuestros chicos aún son *flâneurs* patosos, caminantes un poco rígidos, de modo que, para llegar desde el metro de San Bernardo hasta Plaza de España, no se atreven a callejear en diagonal hacia la derecha. Tienen que recorrer toda la calle San Bernardo, que no es la más bonita de Madrid, pero bueno, hasta llegar a Gran Vía y entonces girar hacia Argüelles.

¿Da un poco de miedo la ciudad a las nueve y media de la aún no noche de un día de verano de 1995? No, por favor, la ciudad es una delicia en la que ir en busca de lo inesperado, un lugar por el que andar con ese espíritu del que está dispuesto a cambiar de opinión, el que está dispuesto a encontrar bello lo que una hora antes le pareció horrendo, y horrendo lo que antes le pareció bello. Los bares antiguos y mal iluminados con fluorescentes en lo alto, los McDonald's con su olor a pan blando, los rockeros ya un poco viejos que cruzan San Bernardo en dirección al Dos de Mayo, las motocicletas con pegatinas en las que se lee «*fuck*», las chicas altísimas que parecen modelos con sus zapatos de tacón de verano, los banderines del Real Betis Balompié en las tabernas, los televisores encendidos en los escaparates de las tiendas de electrodomésticos, los grafitis en las verjas, los letreros que son antigüedades abandonadas de otro mundo inimaginable y en los que se leen «carbonería» y «vaquería», los carteles de Hombres G y Los Secretos y los personajes oscuros que aguardan a la puerta de locales aún más oscuros.

Todo es feo, pero visto en conjunto, con la luz del crepúsculo, podría ser sublime. Angie, en algún momento, tiene la sensación de que alguien los mira, pero no sabe si esa es una parte de su fantasía cinematográfica o si es una brizna de paranoia que se ha añadido a su ansiedad.

—Pondría un sofá en la salida del metro de Tribunal o de Alonso Martínez, me sentaría en él a las ocho de la noche de un sábado y me pasaría las siguientes cuatro horas viendo salir gente. No necesitaría más que eso.

—Eso es lo que te ocurre, Angie, que te refugias en ver las cosas en tercera persona, desde fuera, y no sé si eso es vivir un poco menos.

—¿Y a ti qué te pasa?

—No te enfades, yo soy igual, un poco igual.

Y la vida castiga entonces el atrevimiento de Angie de tener el deseo de mirar por el método de cumplirlo. En la desembocadura de la calle San Bernardo con Gran Vía hay un pequeño tumulto de adolescentes como ellos que se dirigen a una fiesta de fin de Selectividad en la calle de la Flor Alta. Y entre ellos, Angie y Jaime identifican a sus compañeros de colegio, incluida Nieves, el viejo amor perdido de la señorita A.

¿Así que te gustaba mirar a la gente, Angie?

Y Angie hace entonces ese otro gesto universal que es bajar la cabeza y acelerar el paso y le dice a Jaime que no mire, pero entonces oyen una voz que dice «Angie, ¡Angie!» y Jaime se detiene por medio segundo y ya está todo perdido. Claro, es Nieves la que se dirige a la pareja, y además lo hace con un gesto de dulzura y de reconciliación que es sincero y que también podría ser la puerta de entrada a un nuevo mundo adulto, un mundo mejor en el que los conflictos no tienen por qué ser humillaciones, en el que es posible la generosidad de corazón.

Nieves, la pícara Nieves, ya está allí, y llama a Angie para que la acompañe, «qué genial estás, tía, venid, que estamos con gente, de verdad, ven», pero Angie no está todavía en ese estado del alma, así que es cortante y un poco desagradable, como si alguien le debiera algo.

De modo que el último tramo del paseo, desde San Bernardo hasta Plaza de España, ya no es eufórico ni fluorescente, sino que es silencioso y sombrío, porque ahora sí que se echa la noche. Y Jaime lo ha entendido todo, ha entendido la generosidad de Nieves y el orgullo estúpido de Angie y ha entendido que Angie ha entendido. Dice algo por decir y no se le ocurre otra cosa que esta:

—Qué guapa, Nieves.

Frase que cae como un balde de agua helada en la cara de Angie. Va guapa Nieves, sí, porque ha aprovechado la tarde para cortarse el pelo negrísimo, muy recto y alto el flequillo, como empiezan a verse los flequillos en ese verano, bajos los tiros de la falda roja y verdiblancas las rayas de la camiseta, de modo que la combinación de colores tiene algo de paródico, pero, a la vez, es intuitivamente bonita y alegre. Los colores planos, los patrones sencillos, la bisutería un poco infantil. Y Angie, a la que hace algunas páginas vimos disociada entre el polvoriento mundo exterior y los colores y las formas nítidas en las que vive su cabeza, se da cuenta de que ha elegido la herrumbre y no la claridad.

La película que Angie quiere ver se llama *Chungking Express* y, sí, es herrumbroso el mundo que retrata, pero también la historia está guiada por la belleza limpia de tres o cuatro actores que son como dibujos en un cómic.

Jaime, descolocado ante el filme, protesta porque su estructura es poco clara y porque los personajes le parecen un poco infantiles. Uno de los policías tiene osos de peluche en su casa y juega con maquetas de aviones. Respecto a su enamorada, la china guapa que escucha «California dreamin'» a todo volumen, Jaime está indignado porque le enfada que una mujer tan guapa tenga que ser una tarada así. Todo en la película le parece culpable del mismo pecado, porque todo parece ocurrir porque sí, a golpe de ocurrencias. Con todo, le encantan algunas escenas del principio de *Chungking Express*, las imágenes de caos en la ciudad y la aparición de los indios hacinados que actúan como correos de la narcotraficante. Y también le gusta el personaje de esta, con su gabardina y su peluca, porque le parece igual de teatral que el resto de la película, pero sin renunciar al misterio. Hong Kong, además, le recuerda a Lima en algunos momentos, y eso le hace sentir nostálgico.

Angie, en el asiento de al lado, vive la hora y media larga de la película con una fascinación más primaria, nada intelectual, más sensorial, en un asombro constante por el color y la textura de las cosas: por la ropa de los personajes, por lo guapos que son, por la comida que comen, por las rampas mecánicas por las que se mueven y por los bares en los que beben, por la sensación de que el mundo es gigantesco y está esperando. Piensa en su viaje junto a Jaime desde Torres Blancas hasta los cines de Plaza de España, y lo imagina como un material cinematográfico: la gente en el metro, el bar en el que se han detenido, los pasadizos mismos del conjunto de Plaza de España, un poco sórdidos y brutales, como la arquitectura de *Chungking Express*.

Sólo en una pequeña parte de su mente es consciente Angie de que los personajes de la película viven en una ciudad llena de gente, pero que, a la vez, su soledad es profunda y que, por eso, todos buscan la manera de aliviarla. Bueno, la mujer de la peluca no. Y ese destello de la conciencia de la soledad le oscurece un poco el ánimo, pero sólo es un momento.

Cuando se encienden las luces, Angie sonríe fascinada y Jaime sonríe un poco desdeñoso y pedante, pero conmovido por la felicidad de su frágil amiga. Ninguno de los dos se da cuenta de que, desde la última fila de la sala desierta, una figura se escabulle del cine y sale hacia la calle Princesa como si lo persiguiera el diablo. Es su esquivo casi amigo Javier Arregui, que los ha seguido desde que vio a la pareja en Torres Blancas, igual de perdido que Angie en la última noche de su vida escolar. La película le ha hablado a Arregui del dolor por el amor perdido, y apenas ha sido consciente de lo que tiene de obra cómica. Cada uno ve lo que va buscando en lo que sea que encuentra.

14

Hay otra mujer en la sala, una figura que se levanta de entre las filas delanteras en el momento justo en el que los créditos terminan de desfilar y las luces se encienden, y que se vuelve hacia las butacas a su espalda y sonríe hacia Angie y Jaime. Su gesto es de euforia por la película que acaban de ver, y Angie le devuelve la expresión, mientras Jaime sonríe desde una pequeña distancia. Anne Therese casi comparte su nombre con la actriz de *Calígula*, Teresa Ann Savoy, y casi comparte su destino errante. Tiene veintiún años y ha nacido en Leipzig, aunque aquello ocurriera en un país que ya no existe, quince años antes de que cayera el Muro de Berlín. Anne Therese recuerda su infancia socialista con dulzura y promete y jura y perjura a quien quiera escucharla que ella fue una niña feliz en un mundo seguro, aunque no ignora que sus padres habían tenido que soportar presiones desagradables: amenazas veladas, exigencias de informes en el límite del espionaje, pequeñas humillaciones… El padre de Anne Therese es cardiólogo y su madre dentista y, cuando se acabó la división de las Alemanias, se llevaron a la familia a Kiel, en el norte de la República Federal, donde hubo una oferta de trabajo. Anne Therese vivió el traslado como un desastre en la vida. Sus compañeros de instituto se reían de ella por su acento sajón y su madre se convirtió en una fuente de conflictos permanentes. Su trabajo se había degradado al cambiar de Alemania, al entrar en una sucesión de clínicas baratas en las que atendía a clientes aterrados que apenas hablaban alemán. En cambio, su marido progresó rápidamente en su estatus profesional, hasta el punto de encontrar una amante, una colega iraní con un aspecto que era inimaginable en la RDA. Anne Therese fue informada de aquel adulterio por su madre, como una manera de castigar a su padre. Y su respuesta fue castigarlos a los dos por el método de siempre entre las adolescentes del siglo XX: noches de fiesta interminable en Hamburgo, un novio obviamente estúpido, algo de éxtasis y de *techno*, el conservatorio abandonado cuando la carrera de violín estaba casi terminada... Con dieciocho años, Anne Therese acabó el bachillerato por los pelos y al día siguiente se fue a Berlín a buscar trabajo y a vivir de sub-sub-arrendada en algún lugar de Prenzlauer Berg, de vuelta al cálido frío de los hogares socialistas. Se hizo un tatuaje, un extraño gallito, se empleó en una discoteca y se matriculó en una escuela de secretariado que la puso a hacer prácticas en la Embajada de Bélgica. Y allí tuvo un impacto inmediato. Su francés era bueno, podía entender el flamenco y replicarlo de oído, era eficiente en sus tareas y resultaba dulce en el trato, lo que, unido a su aspecto de *raver* berlinesa, la convirtió en un personaje insólito. Para octubre ya se acostaba con el agregado de prensa, un hombre casado de habla francesa que se llamaba Gui y que en la embajada actuaba como el perfecto jefe: joven, empático, resolutivo y dispuesto a relativizar los problemas con buen humor. Aquel Gui, sin embargo, tan pronto como salía del trabajo y pasaba al plano de los amantes, se convertía para Anne Therese en un hombre fatal: un guapo treintañero, bebedor suicida, anhelante de humillar y de ser humillado, aficionado al sexo al límite y tendente a intercalar momentos de euforia y melancolía. Todos hacemos lo que podemos, Gui.

A esas alturas, Anne Therese le cogió algún gusto a los códigos de la autodestrucción. Un día fue a visitarla a Berlín su antiguo novio de Kiel, un chico un poco tonto y torpemente vestido que seguía enamorado de ella y que se quedó algunos días en su piso sub-sub-arrendado, aunque Anne Therese lo confinara a dormir a algún sofá tan antiguo y estrecho que podría haber acabado en un museo del socialismo. Y Gui, el hombre que de lunes a viernes se tomaba todo a broma, apareció por ese piso y montó un escándalo en francés absolutamente teatral e impresentable, tan subido de tono que el pobre chaval recogió sus cosas y se marchó a un hotel y, a la mañana siguiente, cogió el primer tren que encontró hacia el Báltico, aterrado y con la promesa de nunca más.

En el fondo, a Anne Therese le encantó la escena, se sintió importante y deseada e hizo el amor con Gui con tal euforia que unos vecinos protestaron y otros aplaudieron y, cuando terminó, le dijo a Gui «*Ich liebe dich*», algo que no había hecho nunca hasta entonces. Gui no dijo nada. Su mujer, en casa, estaba enterada de la aventura y había empezado a mover sus herramientas para terminar con el asunto. Y Gui, cansado de su vida al límite y embotado por la vergüenza y por el dolor de cabeza que le dejaba el alcohol, estuvo básicamente de acuerdo con la operación de su mujer, así que pidió un traslado a la Embajada de Madrid, que fue la que se puso a tiro. ¿Qué hizo Anne Therese? Marcharse a Madrid, ¿qué iba a hacer si no? Las amistades que había hecho en Berlín sólo eran superficiales y se habían deteriorado por culpa de su amor idiota por Gui, de su amor caprichoso y tiránico. Pasó por Kiel, se reconcilió con su padre, pero no logró (o sólo a medias) despedirse con alegría de su madre, intentó que su hermana pequeña la acompañara a España (casi la convenció), llamó a su abuelo en Leipzig (un caballero setentón que había servido en la Wehrmacht en Italia y que después había escalado en el sistema paranoico de la RDA, pero al que Anne Therese consideraba el hombre más bueno del mundo) y metió su vida en una maleta que la llevaba acompañando desde los años de la inocencia y el socialismo. Alguien la esperaba en Madrid, es cierto. Gui, nada menos. El antiguo jefe de Anne Therese encontró para ella un trabajo en un banco francés, encontró una escuela de español y encontró un cuarto en una casita en las profundidades de la calle Cartagena, a medias viejo chalecito de recreo, a medias casa de pueblo perdida en la ciudad, en la que solían alojarse otros pasantes en prácticas de la Embajada del Reino de Bélgica.

Se acostaron juntos el primer día, el segundo y el cuarto, pero algo cambió en el equilibrio de poderes entre los amantes. Anne Therese había empezado a perder sus bazas el día que le dijo a Gui que lo amaba. Seguirlo a España había sido un error que la había expuesto, la había devaluado. Anne Therese decidió entonces que esa etapa terminaba. Pensó en quedarse embarazada de Gui como una manera de hacer trascender lo que de otra manera habría de convertirse en efímero y banal, pero su primera amiga española, una empleada del banco llamada Jimena, consiguió disuadirla. Por supuesto que, en cuanto Anne Therese perdió su interés por Gui, Gui empezó a rondarla con desesperación. Una noche, en ese cortejo del despecho, la Policía Nacional tuvo que intervenir y Gui tomó por fin nota, buscó un psiquiatra, renunció al alcohol y dejó de comportarse como el cantante favorito de la pareja en sus días de amor: Nick Cave, al que emulaban cantando «Henry Lee» en dúo junto a la ya nombrada PJ Harvey. «*She leaned herself against a fence Just for a kiss or two And with a little pen-knife held in her hand Well, she plugged him through and through*».

¿Y qué más necesitáis saber? Que, terminada la relación, Gui engordó siete kilos en dos meses y que se divorció y que empezó a salir con otra empleada de la embajada, mucho más convencional en su aspecto. Y que Anne Therese decidió que debía buscar en la amistad un alivio a la soledad, mejor en la amistad que en el amor, así que había decidido abrirse a los desconocidos, ofrecerse como una chica amable, divertida y abierta, aunque con resultados aún insatisfactorios. Los hombres a los que se ofrece como amiga tienden a enamorarse de ella o, como mínimo, a desearla. Y las mujeres la consideran una competencia inabordable, de modo que Anne Therese aún está en búsqueda proactiva de amigos españoles.

Por eso, a la salida de *Chungking Express*, se dirige a Angie y Jaime, que le parecen jóvenes y por tanto inocentes, y les pregunta si les ha gustado la película. «Mucho». «A mí menos que a ella, pero también». «¿Y a ti?». «Maravillosa». Y Angie ha detectado el acento alemán y se ha ofrecido a hablar con ella en su idioma, de modo que a todos les pareció lo más natural del mundo hacer parada en el Vips de Plaza de España, donde los vemos en este momento, bebiendo refrescos y comiendo sándwiches.

Anne Therese les explica la aventura de su llegada a España con un tono de sinceridad abrumadora, una mezcla de autoparodia y candidez que deja estupefacto a Jaime y que Angie ve como una extensión del personaje de la camarera enamoradiza de *Chungking Express*. ¿Se enamora Jaime de Anne Therese? Sí, claro que sí, es Jaime un chico enamoradizo, aunque también es una persona cerebral, calcula cuáles son sus posibilidades de ser correspondido y mide sus cartas respecto a la opción de Angie. De alguna manera, intuye Jaime que la amistad entre los hombres y las mujeres y el amor son lo que años después dijo un papa también alemán de la religión y la filosofía: realidades que tienden al conflicto, pero que no tienen por qué ser incompatibles.

Anne Therese sigue su relato. Explica que en Madrid su presencia es insólita (y aquí damos nosotros la explicación: Anne Therese es una mujer alta y huesuda, con el pelo corto y rubio, maquillada con mucho negro alrededor de los ojos claros y mucho rojo en los labios, marcada por una voz grave que intercala la conversación de frases en alemán, francés e inglés, vestida con ropa de mercadillo, un poco brusca al andar y al fumar y acomodarse en la barra de un bar y, un segundo después, frágil como un animalito que acaba de romper su huevo y mira buscando a su mamá). Es insólita, de modo que es inevitable que la vida artística llame a sus puertas. Durante sus últimos cinco meses madrileños, la nueva amiga de Angie y Jaime ha sido invitada a cantar y tocar el violín en dos grupos de *rock* (su violín se quedó en Kiel), a hacer audiciones para cortometrajes, videoclips y series, a bailar como gogó en discotecas y a presentar videoclips en Canal+. Lo de los videoclips le suena bien, le suena a un trabajo sencillo y presumiblemente bien pagado, rodeado de equipos grandes en los que encontrar gente y amistad. Por desgracia, el productor que se fijó en ella en una terraza del Retiro (Anne Therese estaba leyendo un libro de iniciación al yoga mientras bebía una incoherente cerveza) ya se ha acostado con ella y, después de eso, su interés parece haber decaído, de modo que es Anne Therese la que lo corteja a él ahora y no al revés. En los relatos de Anne Therese, piensa Angie, hay una tendencia a ver el mundo como vasos comunicantes en los que el poder de una persona sobre la otra gira fatalmente de un momento a otro.

El tipo de los videoclips, explica Anne Therese, es un hombre guapo y simpático, diferente a Gui y, por fortuna, no casado, aunque parece vivir en un estado de guerra de conquista permanente. Estado de guerra en el trabajo, en el sexo, en el espacio que ocupa, en el tiempo del que dispone, en todo. El sexo, en cualquier caso, no fue malo, y ella llevaba dos meses sin acostarse con nadie, o sea que no va a pedir perdón.

—Dos meses. Mucho, claro —dice Jaime con un tono que parece comprensivo para Anne Therese pero que es chistoso para Angie.

Y Angie, que tiene esa tendencia a ver el mundo en tercera persona y a entender intuitivamente lo importante de las personas, piensa que esta Anne Therese es una mujer extraña, que es capaz de hacer su relato con una lucidez y una sinceridad conmovedoras, pero que, un segundo después, parece la criatura más ingenua del mundo, que es dulce, pero también se obsesiona con los agravios y que tiene una parte de soberbia que, en circunstancias normales, le haría huir de ella. Y piensa que el conjunto, en cualquier caso, es divertido y atractivo ante los ojos, y se pregunta si no debería ser esa su vida en adelante, si no debería elegir algo así: caber en una maleta, dar algunos tumbos, mirar a la soledad de frente y hacer el amor con diez o doce personas en los próximos dos años.

¿Diez o doce son muchas o pocas?

Jaime, por su parte, está estupefacto e intuye la certeza del deseo y la llegada de la mirada romántica, pero también siente un deber de lealtad hacia Angie, su cita de la noche, que le hace disimular un poco. Eso es lo que piensa, sobre todo, cuando Anne Therese se pasa al alemán, idioma del que sólo entiende algunas frases sueltas, algunas entonaciones. En esas pausas, Jaime mira a Angie y trata de aclarar ideas. Le gusta mirar a Angie. Le gusta escucharla y le gusta su sentido del humor negro. Le encantaría besarla y acostarse con ella y que los dos se ayudaran mutuamente. Él a ella para aliviar su tendencia al ensimismamiento, y ella a él a salir adelante en un país que tardará en ser el suyo y en el que aún no ha encajado del todo. Pero Jaime detecta en su amiga una tensión acumulada potencialmente explosiva y temible.

Anne Therese interpela a Jaime directamente. Los dos son recién llegados a España. ¿No le enfada la falsa amabilidad de los españoles? ¿Su facilidad para ser encantadores una noche y su falta de compromiso para sostener una amistad después? Jaime no sabe qué decir, porque en la Lima de Sendero las relaciones eran claustrofóbicas y paranoicas, ocurrían de puertas para adentro, estaban mucho más marcadas por el sistema de clases sociales y eran rígidas. Madrid le parece facilísima en comparación. Pero cómo llevarle la contraria a Anne Therese. Jaime dijo un par de frases insustanciales para hacerle los coros, él que es tan locuaz siempre, y Angie, guasona, le dio una patada por debajo de la mesa. Eso es lo bueno de Angie, pero también lo malo, se dijo Jaime: te tiene pillada la medida, ve venir tus tonterías.

Esa misma noche, Anne Therese les explica que está haciendo tiempo y que espera a que su amigo, amante y quizá jefe salga de una cena de trabajo en un restaurante llamado Cuenllas de la vecina calle Princesa. Angie y Jaime encuentran encantadora la manera en la que Anne Therese pronuncia la palabra Cuenllas, restaurante del que Juan Llovet le ha hablado muchas veces a su hija. A la salida de la cafetería, Anne Therese anuncia que se abre la búsqueda de aquel hombre del que por fin desvela el nombre: Amancio. Y lo arcaico de ese nombre hace que Angie y Jaime se rían. ¿Quién habría esperado este error de *casting*? Están invitados a la caza. Amancio, en cualquier caso, ha citado a Anne Therese en un bar de la calle Conde Duque por el que intentará pasarse a partir de la medianoche, aunque la promesa es incierta y confusa. Puede que el bar se llame Noelia o Noemi o Naomi. Angie y Jaime, cuyo conocimiento de ese barrio de Madrid se limita al entorno de la Plaza del Dos de Mayo, están igual de perdidos que ella.

15

No hay ningún bar Naomi ni Noelia ni Noemi en la calle Conde Duque, y el descubrimiento empaña un poco el ánimo de Anne Therese, aunque sea en secreto, porque hay una parte no pequeña de su carácter que está hecha de orgullo. Lo que sí que hay es un local con puertas metálicas, sin nombre a la vista y con un forzudo como los de las películas de los años cuarenta al cuidado de su custodia. Angie, Jaime y su nueva amiga se asoman a su interior después de saludar formalmente al caballero de la puerta y descubren el mobiliario que los chicos imaginan propio de un local de citas, el sonido de una base de disco a la antigua superpuesta a una voz vagamente *soul* y una pista vacía en la que sólo bailan dos hombres y una mujer que se abrazan y se separan y que parecen vivir en dos tiempos a la vez: en el presente y en el futuro que ocurrirá dentro de un minuto y medio. Dicho de otra manera: su efusión parece el presagio de algo sexual y escandaloso que está escrito.

Lo gracioso es que entre ellos, Angie identifica al hijo veinteañero de una de las familias a las que sus vecinos de Torres Blancas nos hemos referido como «los Opusinos», lo que le hace reír y poner un teatral gesto de «no me lo puedo creer». La ciudad, lo escribimos algunas páginas atrás, es el lugar en el que cambiar de opinión y en el que ir al encuentro de lo impensable.

Aquí viene otra secuencia cinematográfica de imágenes superpuestas con mucho montaje y música, en este caso frenética. Angie que camina mal sobre tacones en una calle adoquinada y se ríe al casi caerse, un hombre flaco baila como si hiciera kárate, Jaime y Anne Therese charlan a gritos en una barra, un hombre vestido con una camisa anudada al ombligo y pantalones de campana saca a bailar a Angie, un portero de discoteca aparece serio como los soldados que hacen guardia en Buckingham, pero hace pasar a sus clientes, una viejecita que pone bocadillos de tortilla de patatas en un chiscón iluminado con un fluorescente blanco, un camarero pone un vaso de tequila dentro de una jarra de cerveza, un teléfono cuelga en una cabina como si fuese un suicida, Anne Therese baila sola y está guapísima, hay una pegatina de Los Suaves en el baño de un bar, hay chicas que se maquillan en el baño de un bar, hay un taxi con la luz verde, hay un grafiti en el que aparece escrita la palabra *Vallekas*, y unos cuarentones vestidos de negro y acomodados en la barra levantan sus copas al ver llegar a Angie y Anne Therese. Dos chicas parecen pelearse, pero después empiezan a reírse y se descubre que todo ha sido una broma, Anne Therese y Jaime comparten un cigarro, un hombre obeso vestido con una camiseta de rayas baila espléndidamente, una máquina que replica las antiguas máquinas de vídeos sólo que con videoclips, alguien pincha vinilos, hay un televisor en el que aparece Antonio Flores, un camarero sirve tres copas de ron con coca cola, alguien se duerme en un sofá, alguien hace deporte antes del amanecer, dos policías miran desde su coche, los televisores de un bar ponen sin sonido películas que parecen secuelas falsas de *Los cuentos de Canterbury* o de alguna película erótica de los setenta... En ellas, mujeres vestidas con transparencias corren delante de frailes eufóricos y los bebedores fingen indiferencia. Anne Therese y Jaime están medio derrumbados en un sofá viejísimo abandonado en el ángulo en el que se cruzan las calles San Bernardino y Amaniel, y ríen a carcajadas. Angie, a su lado, hace ejercicios del *ballet* abandonado a los doce años. Y entonces, Anne Therese besa a Jaime en el sofá viejísimo y el montaje se ralentiza. Y en el siguiente plano, Angie sonríe porque el alcohol y el agotamiento le han regalado el don de la comprensión y la compasión y porque, en el fondo, ya está entrenada en el desagradable asunto de quedar excluida.

Angie intuye algo en Anne Therese, intuye que el deseo de los otros es la vía de escape en su anhelo de esquivar la angustia de la vida. Respecto a Jaime, todo le parece bien. No es que Angie «hubiera ignorado del todo la posibilidad de cambiar la naturaleza de la relación con su extraño amigo limeño» (seguro que esa expresión un poco sinuosa habría encantado a Jaime), pero, una vez más, qué más daba perder ese tren, si es evidente que Jaime tiene una urgencia por el deseo y el amor que ella intuye, pero no siente aún. «Si no ha ocurrido es que no tenía que ocurrir», se dice Angie a sí misma, como si estuviese haciendo una parodia de las nuevas novelas románticas que están a punto de llegar a las librerías. Y después, dulce y relajada por una vez en la vida, se dirige a los enamorados y les dice con una voz nueva: «Queridos amigos, os voy a dejar», ante lo que Anne Therese protesta y se ofrece para buscar un taxi con ella y Jaime baja la mirada un poco avergonzado pero radiante, mientras balbucea «no, no hace falta». «No, hace falta, guapos, que sois muy guapos», responde Angie que, en su nuevo estado del alma, decidido y generoso, sabe lo que quiere hacer.

Quiere recuperar el tiempo perdido y quiere encontrar la referencia de la calle San Bernardo y torcer a la derecha, hacia la Gran Vía. Y el tiempo se ralentiza aún más, de modo que Angie vive ese instante como los asmáticos que superan un momento de opresión en sus pulmones y sienten que la realidad se ensancha después de la claustrofobia.

¿En qué piensa Angie? Se acuerda de su madre, con la que debería haberse comunicado en algún momento de la tarde, y eso hace que se sienta un poco culpable, aunque está segura de que mañana será sencillo llamar y decir «Mamá». Piensa en las opciones que tiene en adelante. ¿Volver a presentarse a Selectividad en septiembre? ¿Entrar en alguna carrera con la nota de corte baja y de la que, en realidad, no tiene ninguna opinión formada? ¿Derecho, Geografía? ¿A qué se dedica la gente que estudia Geografía? ¿Pasar un año sabático al estilo de los ingleses? Y si es así, ¿dónde?

¿Trabajando en alguna fábrica en Alemania, como hizo su padre? ¿En un hotel en Inglaterra? ¿Y por qué no en Ciudad de México? Por una vez, la indefinición no es un suelo movedizo, sino una puerta abierta.

Entonces, se acuerda de su padre. No es buena idea abandonarlo ahora, ¿verdad? Dejarlo en ese piso inmenso de Torres Blancas que Angie ama como aman los bebés a sus úteros, pero que empieza a pesarle como el hormigón. Ya es día 27, hace mucho que es 27, y hasta el brillo que dejó en las calles el chaparrón de la tarde pasada está más que seco. «Si no ha ocurrido es que no tenía que ocurrir», se dice a sí misma Angie, y que conste que lo piensa sin ironía, aunque ya no se acuerda de a qué se refiere.

«Y si ocurre es que tiene que ocurrir», añade en el momento justo en el que tuerce a la izquierda en la calle de la Flor Baja, como si tuviera una memoria vieja e instintiva de la ciudad, camino de la esquina en la que, seis horas antes, su amiga Nieves la saludó y ella hizo poco menos que negarla. Son las cuatro de la mañana de un martes de junio, pero la ciudad está llena de adolescentes como Angie que celebran el final de sus exámenes y de su larguísima e insoportablemente tediosa adolescencia.

Un pequeño tumulto lleva a Angie instintivamente hasta una puertecita baja y unas letras naranjas que imitan a los ideogramas japoneses, una puerta como de cuento que Angie cruza con una firmeza insólita, como desafiando el tabú que más le ha molestado durante la adolescencia: la idea de que en la soledad hay algo deshonroso. Lo siguiente es una escalera que baja y un escenario insólito, lleno de plantas artificiales, luces verdirrojas y absurdas piezas escultóricas que imitan, o eso supone Angie, a las cabezas de la isla de Pascua. La música ya es suave, alguna forma de *soul* de los años sesenta que, probablemente, sea el aterrizaje de algunas horas de música más violenta. La multitud parece indiferente: toda esa gente parece ser ajena al mundo. Angie reconoce algunas caras, personajes secundarios de su adolescencia, pero las descarta en busca de Nieves.

—Angie, ¡has venido! ¡Eres *hippie*!

Pablo Aragón, el eterno payaso del grupo de los chicos de Torres Blancas, la ha reconocido. Su eterna risa burlona es otra cosa esta vez, es un gesto más humano, más generoso.

—¿Has visto a Nieves, Pablo?

—Angie, tenemos que hablar. Ahora no, que estoy fatal, pero tenemos que hablar de muchas cosas. Para mí, muchas cosas han encajado esta noche y no sé todavía ni cómo explicarlo.

Angie abraza a Pablo como no lo ha tocado nunca. Le dice que sí, que van a hablar estos días. Dan dos pases de baile antiguos, al estilo de Ginger Rogers y Fred Astaire, y el Pablo tontorrón y payaso reaparece en medio de su embriaguez epifánica.

—Este sitio es, todo el mundo es, la gente es guay, mañana tenemos que vernos, el sitio este es.

¿Has visto a Nieves?

—Es genial todo hoy.

No merece la pena insistir. Angie ni siquiera se siente ya borracha como cuando hacía pasos de *ballet*, y ya sabe qué es lo siguiente que quiere hacer, el siguiente lugar al que quiere llegar en su peregrinación, antes de decidir qué hacer consigo misma.

Así que sale al exterior y vuelve a Gran Vía por la calle Libreros, que conoce porque una vez la visitó con su padre (le pareció una calle corta y llena de comercios desangelados, no muy a la altura de su bonito nombre). Y en la Gran Vía camina a la izquierda, cuesta arriba, como enfrentada al tráfico absurdo a las 4:52 horas, hasta la plaza de Callao, donde las figuras que habitan la noche son acechantes, como si fueran el negativo de los adolescentes eufóricos de la calle de la Flor Baja.

—Quieres algo.

—¿A dónde vas?

—No te pierdas.

—¿Quieres algo?

Un hombre con coleta y barba perfilada le avisa con un gesto para que se detenga. Un Mercedes negro se detiene y salen de él dos hombres vestidos de traje que toman posiciones, mientras el tipo de la coleta abre la puerta de atrás a dos mujeres de veinticinco años vestidas con lentejuelas y tacones altos. Discuten entre ellas. Una de ellas se fija en Angie y le dice:

—¿Qué miras?

Pero la otra mujer le contesta que deje en paz a la chica, que no te ha hecho nada. De modo que, cuando la comitiva desaparece de sus ojos camino de las calles que llevan desde Gran Vía hasta Ópera, sigue su camino hasta el edificio de la FNAC, que aparece acordonado, con las lunas de los escaparates rotos por el bombazo de la madrugada anterior. Sin saber por qué, Angie se acerca hasta las cintas, como si la destrucción fuera un espectáculo. Estamos en los años del Guggenheim y de las arquitecturas que parecían bombardeadas, recordadlo...

Los autobuses urbanos hacen guardia a su espalda. Un grupo de adolescentes canta su borrachera. Hay gente que duerme en los portales y un hombre que habla solo, pero que parece incapaz de progresar en su confuso tema, en su serie de reproches hacia un hermano llamado Felipe. Algunos policías vigilan el edificio atacado. Hay anuncios electorales descoloridos y carteles de conciertos y los bustos de los cantantes y los de los políticos parecen dialogar. De pronto, algo se rompe, un cristal, y hay voces que vienen desde la Gran Vía, y el ruido parece algo peor de lo que es después del atentado. Ha estallado una pelea entre pequeños traficantes.

Al volver la mirada, Angie siente un reflejo de miedo y una fatiga física y vital, como si hubiera llegado hasta el final del día y de la adolescencia vacía de energías.

—Angie, ven, cogemos un taxi, ven. Y te llevo a casa. Es tarde.

Es su tío Carmelo, el que ha aparecido como un caballero para salvarla del derrumbe inminente, vestido en su uniforme negro, perfumado y repeinado, como si para él no fueran las cinco de la mañana. Al ser reconocido, Carmelo pone una media sonrisa de timidez y recita unos versos:

Dando vueltas al mundo, / no encontrarás posada. / No tendrás camposanto / ni mortaja, / ni el aire del amor renovará / tu sustancia.

* * *

A lo largo de los primeros dieciocho años y cinco meses de su vida, Angie nunca se había sentido cómoda con Carmelo. Nunca lo había visto con naturalidad familiar, antes que nada, porque esa ha sido herencia de la vieja enemistad entre los dos Llovet varones, Juan y el propio Carmelo. Muchas veces, Angie ha escuchado a su padre ser duro con su hermano, reprocharle mil pequeños agravios y algunos otros grandes. Cuando ya nadie preguntaba por la literatura que Carmelo hacía en 1990, Juan le consiguió que un editor de Barcelona, uno bueno, se interesara por él y le contratara una novela. Pero Carmelo se presentó ante él con una maleta de papeles incomprensibles y el hombre salió espantado, de modo que Juan se sintió traicionado. Otra vez, llegó una inspección de Hacienda y su hermana Marina descubrió que Carmelo jamás había hecho una declaración del IRPF, de modo que hubo que hacer una colecta para afrontar una multa ante la que The Mel era insolvente. Y muchas veces más ocurrió que Carmelo se dejó rodear de supuestos admiradores (profesores de universidad de lugares como Montpellier, Huelva o Monterrey), a menudo homosexuales de vida clandestina, que se convertían en sus mejores amigos de un día para otro y que, al siguiente, desaparecían con alguna prenda del mito oscuro que empleaban para escribir artículos desleales.

El verano anterior, en el momento en el que la familia Llovet empezaba a llenarse de grietas, la revista *Interviú* entrevistó a Carmelo y Angie llegó a ver algún ejemplar de esa publicación extraña, en la que aparecían varias informaciones sobre la corrupción de Luis Roldán y sobre la historia de sus amantes, un reportaje con fotos de Roman Polanski y Emmanuelle Seigner, desnudos en una playa de Ibiza, y una entrevista a una chica llamada Grecia que posaba en bragas con expresión de desgana y decía naderías. Y entre páginas, una entrevista a Carmelo Llovet, «el genio perdido de la novela española, cuyo culto cayó en el olvido, pero que sigue escribiendo quince folios al día». No era verdad, pero bueno.

En la entrevista, Carmelo contaba algunas maledicencias de aquellos que habían ocupado su lugar: de Marías, de Pombo, de Jorge Semprún, de Vázquez Montalbán, de Almudena Grandes... Alababa a José María Aznar como a un hombre culto, hablaba de Antonio Escohotado como el gran sabio de su generación, decía algunas cosas inteligentes sobre su novela de Londres, decía de su padre que desapareció o fue desaparecido y se perdía en algunas explicaciones confusas sobre un cuadro del Museo Romántico llamado *El marino Sánchez*, de Federico Madrazo. Le preguntaban por las novias. «Algo tengo», mentía Carmelo. ¿Le da miedo el sida? «Tomo mis precauciones». ¿Sexo y amor, sexo sin amor? «El amor es el néctar del sexo», contestó, sin que nadie llegase a entender la frase. ¿Su libro favorito reciente? «*Tristísimo Warhol*, de Estrella de Diego». En ningún momento de la entrevista llegaba a aparecer nombrado Juan Llovet, y eso fue para el padre de Angie un alivio y, a la vez, un secreto agravio.

Angie, por su parte, sólo era una adolescente que anhelaba ser normal y que sentía que su extraña casa de hormigón y de libros, sus padres cultos, neuróticos y ensimismados, su propia manera de hablar, un poco irritante, y la soledad sin hermanos en la que vivía, ya conspiraban suficientemente contra ella. Sólo le hacía falta un tío que apareciese en *Interviú* diciendo cosas incomprensibles y haciéndose el interesante ante el nuevo poder político que estaba por llegar, como si fueran a hacerle embajador en La Habana o en El Cairo. «Vi a tu padre en Telemadrid», le dijo un día Pablo Aragón. «Y a tu tío en *Interviú*, pero estaba vestido». Era ese tipo de humor en el límite de Pablo el que podía convertir al amigo de todos en alguien odioso.

—¿Quieres desayunar en casa? Si es que nos queda algo en la. Un lío se ha convertido mi piso con el lío este, el lío de…

Las frases de Carmelo tienden a terminar en la indefinición y su timbre, que alguna vez fue estruendoso, se ha vuelto íntimo con los años, se ha convertido en algo que mueve a querer proteger a este hombretón de espaldas cargadas, a este caballero que en otra época tuvo tendencia a resolver sus frustraciones a puñetazos.

—¿Tienes? ¿Tienes dinero? ¿Para el taxi? Yo algo tengo.

—Sí, algo me queda. ¿Es normal que te pases la noche dando vueltas por ahí?

—A veces, a veces sí. En verano. En invierno no. Es duro. Es.

—Claro. ¿Y ves a alguien? ¿Vas a algún bar?

—No. Compro un bocadillo a veces.

El taxi aparece enseguida con su luz verde que anuncia alivio.

—¿Sabes el lío que?

—Lo del rodaje.

—De Marina.

—Algo sé, pero sólo a medias, porque he estado muy metida en mis cosas últimamente, en los exámenes y en lo de mi madre.

—¿Bien, los exámenes?

—Bien.

—Bien.

—¿Qué es exactamente lo que estáis haciendo en la película?

—Tonterías.

Y después de un rato de silencio.

—No sé qué desayunas.

—Lo que desayunes tú estará bien.

—Café. Nocilla.

—Café y nocilla estarán bien.

El taxi que acoge a Angie y a Carmelo en su viaje hacia el norte de la ciudad lleva las ventanas abiertas y retumba por el aire cruzado. La M-30 está vacía, como si anunciara los inminentes dos meses en los que Madrid podría descansar un poco de sí misma. Angie piensa en que no tenía nada pensado para el verano, más que las estancias aburridas en un pueblo de Ávila en el que Juan tiene una casita mínima, un lugar en el que Angie no tiene nada más que hacer que caminar y leer en una piscina municipal en la que no ha conseguido nunca hacer amigos. Piensa que le gustaría viajar con su madre a México, pero ignora si era un plan realista. Si no será horriblemente caro, si no irá en contra de la posibilidad de que tenga que estudiar en verano para volver a examinarse en septiembre. Si volverá a ver a su madre pronto.

—¿Has estado en México alguna vez?

—Dos veces.

Y a su derecha vieron el edificio de la Pagoda de Miguel Fisac.

—Mi edificio favorito.

—Te pega mucho, Carmelo.

Y Angie hace el gesto de acurrucarse pero no llega a dejarse caer sobre su tío, porque su intimidad aún es nueva y tímida.

—¿Qué opinas de la película?

—Va a ser muy bonita. Muy bonita. Marina es la artista de la familia.

—La verdadera artista de los tres hermanos.

—Hasta que llegues tú.

Para Angie, atravesar la praderita desde el taxi hasta el edificio, en ligera pendiente hacia abajo, y cruzar el extraño escenario del portal, escultórico y gastado, iluminado en un amarillo mortecino, es un esfuerzo abrumador, de modo que esta vez sí se coge del brazo de Carmelo y se cuelga de él. Y Carmelo, orgulloso, parece erguirse y saludar con seguridad al portero de la madrugada, un hombre calvo y malencarado del que Angie nunca recuerda el nombre.

Arriba, el trayecto en semicurva y semipenumbra roja oscura que lleva desde el ascensor hasta el piso de Carmelo y Marina no permite anticipar lo que le espera a Angie. El lugar que ella recordaba como un piso atestado de muebles y láminas, de alfombras raídas, de láminas con grabados de veleros, de fotografías enmarcadas de la manera más barata, de platos y vasos sin recoger, de bolsas de El Corte Inglés llenas de papeles, de libros desperdigados y plantas, ha sido despejado radicalmente. El suelo de madera muestra el desgaste de veintisiete años de vida, pero es el único rasgo de vejez. El resto del piso está casi vacío de muebles, envuelto en sus paredes por unos telones plateados, aislado del exterior, de manera que los recovecos de la distribución, libres de muebles y de referencias, se convierten en el laberinto de un sueño. Queda un mueble en el piso: una mesa de madera de dos metros de largo y ochenta centímetros de ancho apoyada sobre caballetes de madera, iluminada como en un cuadro tenebrista. Y en torno a ella se acumula el equipo de Marina. Sentada en una silla de tijera está la propia Marina, enfrascada en unos papeles, en unas fotocopias DIN A4 con el plano de su vivienda. En ellos, la pequeña Llovet, como muchas veces la llama su hermano Juan, dibuja flechas y cruces.

—Hola, Carmelito, ¿cómo te ha ido en tu pasear en tu vida de perdulario?

—Bien. Tenemos visita. Angie.

Y Marina, la adusta Marina, levanta la mirada con expresión de dulzura hacia su hermano y descubre a su sobrina.

—Angie, preciosa.

Y entonces, Marina aparta papeles y le hace un sitio en la mesa y le ofrece café con la mirada y le da dos besos y un abrazo de esa manera suya, un poco tímida, que consiste en dar dos pequeños saltitos antes de lanzar sus pómulos hacia la otra persona.

—¿Qué habéis hecho con todas las cosas de la casa, Marina?

—Los colchones y la ropa los tenemos arriba, en mi cuarto. No vayas, parecerá que somos refugiados bosnios. Luego se han llevado los de Reto un montón de cosas y un anticuario nos ha comprado otras y con lo que nos ha dado voy a tener que terminar la película y volver a amueblar este piso cuando acabemos. Pero es que nos ahogábamos ya entre tanta mierda, no era una cosa sana ya. Y se lo dije a Carmelo y como con la medicación nueva es un angelito, es un gatito, me dejó y en este lío estamos. Vino tu madre esta mañana, ¿lo sabías? Y luego estuvo tu padre. Y estuvieron los dos estupendos.

—¿Cómo que estuvo mi madre?

—A las nueve y cuarto apareció, llorando a todo llorar. Una pena me dio. Bueno, no sé si debería contarte estas cosas… Angie, yo sé que tu madre y yo no hemos sido amigas, pero yo creo que la he entendido de una manera profunda, sin hablar. Angie, yo me hago la idea de lo que es estar con un hombre que es bueno como Juan, pero que no es muy consciente de los demás.

—Estaba llorando.

—Fue como mágico. Llamó a la puerta y yo «me cago en todo, quién llama ahora, el vecino de abajo que le cabrea que arrastremos las cosas» y se me presenta tu madre, llorando, y yo le digo «María, pasa» y ella entra y ve el piso así como lo tenemos, como si fuera un sueño, y ve la cámara y me dice «está preparada». Sí. «Sígueme». ¿Cómo sígueme? «Graba y sígueme». Y entonces empieza a andar por el laberinto este, al principio normal, después cada vez más deprisa, y sube como si huyera de algo y vuelve a bajar volviéndose de vez en cuando, mirándome a mí, como si fuera un monstruo que la persiguiera, y así durante dos minutos y cincuenta y tres segundos, que he visto ya el copión, hasta que se escabulló entre las cortinas y salió a la terraza. Es impresionante el material, es impresionante y es un regalo envenenado porque de alguna manera tendré que insertarlo en medio de todo, de alguna manera. No sé cómo. Lo que pasa es que esta película va a tener que funcionar así, a base de inserciones, no soy muy capaz de hacer un todo que sea fluidito. Pero mira, es lo que sé hacer, es como me salen las cosas. Además, es un material que no podría haberlo escrito, es algo que sólo podría haber ocurrido, tenía que ser un objeto encontrado.

—¿Y luego?

—Nos preguntó si había algún sofá, algún sitio en el que pudiera dormir un poco, y la llevé arriba y estuvo cincuenta minutos. Tenías que ver a Carmelo, se acercaba a mirar y era como un niño.

—¿Y se fue?

—Se fue. Dijo que intentaría volver mañana. O sea, hoy.

—¿Y mi padre?

—Juan estuvo muy bien. Muy Juan en algunos momentos, o sea, encantador, divertido, ingenioso, desplegó todo el personaje que es Juan, autoparódico. Pero lo mismo, fue como un *crescendo*, se fue despojando del personaje y acabó por ser muy sincero, una cosa tremenda. Y luego estuvimos los dos charlando mucho rato, como hacía tiempo. Nada en plan catarsis, eso ya había sido antes, sino una cosa relajada, hablando de todo y nada, tomando café en la terraza.

—Tengo ganas de verlo ahora.

—Hoy por la tarde tiene que rodar, una gilipollez que he metido, otra inserción, una especie de corto que voy a meter dentro de la película, yo también actúo. Déjale ahora un poco, que hay que cuidar a mis artistas y tiene escuela esta mañana. Oye, Angie, tienes que salir en la película, porque si luego todo esto es la hostia, te va a joder no haber asomado por aquí medio minuto, si están tus tíos, tu padre y tu madre.

—Pero me muero de vergüenza, Marina.

Carmelo llega en ese momento con una bandeja en la que lleva nocilla, pan de molde, una cafetera italiana y una jarrita de porcelana con leche.

—Esperad, esperad, que pongo la cámara y entonces desayunamos los tres. Sin sonido, no tenéis que decir nada en especial.

Y eso hacen Marina, Carmelo y Angie, y hay un momento en el que Juan, avisado por Marina, se acerca a saludar, antes de marcharse a la escuela «a hacer como que trabajo». Nada le pregunta Juan a Angie sobre su noche en la calle, ni sobre su madre.

—Vete ahora a dormir, cariño. Pero a tu cama, prométemelo, no te duermas en el sofá ni aquí, que va a haber ruido.

16

Cuando Angie despierta sólo son las once y media y, aunque le pesan los huesos y los párpados y le duele el cuerpo por dentro, la falta de sueño, cuatro horas raquíticas, le parece un estado del alma que la predispone a lo sublime. Se ve sola en el inmenso piso de sus padres y le parece como si un Nuevo Mundo se abriera para ella, como si fuese una marinera en la Santa María y Torres Blancas fuese América. Así que Angie recorre sus sinuosos pasillos, que no son pasillos sino espacios que se hilan unos a otros, se ensanchan y se estrechan. Camina despacio al principio, en adagio, y acelera poco a poco, en un *crescendo* que emula a la actuación de su madre el día anterior en la película de Marina. Angie sabe que hoy debería buscar a su María, a cada día su afán, como dice san Juan Llovet. O, al menos, dejarse encontrar por ella, que ayer quiso y no pudo. ¿Qué ha pasado entre María y Angie? ¿Qué es lo que las ha separado? Cuando Angie nació, a su madre le faltaban nueve días para cumplir veinticinco años. Se sentía fascinada por Juan Llovet y por ese modo de estar en el mundo tan español: un poco brutal en su manera de hablar, vitalista, tan seguro de sí mismo, pero dulce y a veces autoparódico. Juan estaba dispuesto a descubrirle un país nuevo de encantos y placeres, desde el jamón ibérico hasta el flamenco, desde el románico en el Pirineo hasta las películas de Gómez de la Serna. Estaba dispuesto a mostrarle la naturalidad en el afecto, la naturalidad en la intimidad, la naturalidad en la aceptación de lo malo de la vida. El noviazgo fue breve y embriagador, pero un poco antiguo para el gusto de María. En la noche después de conocer a Juan, le escribió una carta a Ángela, su prima predilecta, y le anunció que ya sabía con quién iba a casarse. María era joven, pero traía equipaje. Su padre había llegado desde Hamburgo después de la guerra. Tenía veintiún años, había combatido en Italia y no tenía estudios, pero su instinto era el de un aventurero y quería escapar de un país desolado, así que se embarcó hacia América con la oferta de trabajo de un pariente de segundo grado que tenía negocios de importación y cervecerías en la Ciudad de México. Se empleó con él y se casó con su hija, una mujer frágil y depresiva. Se emancipó en los negocios y tuvo aires de grandeza. Tuvo coches grandes e hizo carrera en las asociaciones de alemanes de México, pero su economía siempre fue inestable. Un mes era rico y al siguiente tenía que huir de los acreedores. Su carácter, que siempre tendió a jactancioso, pasó de ser optimista a ser colérico, igual que su relación con María, su primera hija de tres. María fue su trofeo cuando nació y su alegría durante al menos catorce años. Después, en la adolescencia, aquel hombre sitiado volcó toda su frustración en los supuestos pecados de su hija: una minifalda, un maquillaje, unas sandalias de tacón... Cualquier motivo era bueno para que se desatara un infierno de gritos y forcejeos. La paradoja es que María era una niña inocente, con muy poco instinto de la transgresión, con inclinación a los libros y a las ensoñaciones, melancólica porque su madre estaba en el otro lado de la luna, encerrada en un mutismo triste e indescifrable. Para evitar que los conflictos se dispararan, María estudió la carrera de Letras con la modestia de una seglar, apoyada apenas en la amistad de su prima Ángela y atada a su casa por la pena que sentía por su madre.

Un año, se enamoró de un profesor de Literatura Medieval llamado Gonzalo, pero el hombre resultó un raro caballero que ignoró sus miradas de arrobo, pero impulsó su carrera. La animó a estudiar el doctorado, encontró para ella un tema que se ajustaba a su querencia estética por la abstracción, e, intuitivamente consciente de que la vida de la joven doctoranda necesitaba un revulsivo, consiguió para ella una beca de la Fundación Juan March. El abuelo materno de María financió la escapada, el padre aceptó que lo mejor para todos sería tomar distancia y la madre no llegó a despedirse de su hija. Y María, en su viaje, sintió que estaba en el quicio de la vida, en el momento en el que ya no tenía por qué seguir cumpliendo con la imagen que el mundo tenía de ella, sino que podía ser lo que quisiera.

Era virgen y esa condición le pesaba. En realidad, le pesaba más la palabra *virgen* que el deseo frustrado. Tampoco sabía mucho de la amistad adulta. Desde los dieciséis años, su única confidente había sido su prima Ángela. Ni siquiera sus hermanas eran personas del todo afines. Más bien habían sido competidoras en la pelea de sobrevivir dentro del hogar Siemens, menos ingenuas y con más posibilidades de éxito que ella. En realidad, María tenía por delante hasta el sencillo reto de disponer de su tiempo con libertad. Cayó en un colegio mayor de Ciudad Universitaria que tenía esculturas de tema indígena-mexicano en su portal. Le hizo gracia y le pareció un buen presagio. Fue, al principio, demasiado abierta, demasiado dispuesta a invitar y a abrirse en relatos confesionales.

La mayoría de las chicas que vivían en el colegio mayor eran estudiantes de licenciatura, más jóvenes que ella, chicas de provincias, más egoístas e inmaduras, que nunca conectaron con ella, que envidiaron su melena rubia y que le pusieron irónica distancia. María se sintió de nuevo frágil. Buscó entonces un poco de aire en su otra carencia. Se buscó a un amante, un hombre de negocios barcelonés de cuarenta y cinco años, que la invitó a un café después de una charla brevísima en la cola del banco. Aquel hombre estuvo con ella cinco veces en sus visitas a Madrid, pero construyó para ella pequeños muros, zonas de sombra. Obviamente, estaba casado. María, al menos, descubrió que el sexo no era tan difícil, ni mucho menos ingrato, y empezó a buscar a hombres de un corte más bien conservador, señores correctamente vestidos y de dicción clara, lejos del gusto encanallado de los chicos de su edad.

Hubo otros amantes, más jóvenes, que confirmaron esa preferencia. El primero fue un compañero de universidad inteligente y dulce, pero encerrado en sí mismo. Y el segundo, un mexicano amigo de su prima Ángela que había llegado a Madrid para intentar hacer carrera en el cine. El estudiante podría haberle gustado, su aire de «sálvame de mí mismo» le despertaba un instinto de protección que no había sentido nunca y que no le desagradaba. Pero el chico rechazó su afecto, según él, para protegerla de sus tormentos.

María aceptó el abandono con la intuición de que quizá fuese sincero aquel hombre depresivo que, de alguna manera, le recordaba a su madre. Respecto al actor, María fue incapaz de tomárselo en serio con sus gestos afectados y su vanidad, que entonces juzgó mujeril.

Y de pronto apareció Juan, con treinta y tres años, ingeniero y poeta, amigo de todo el mundo, vestido a la antigua con una corbata de lana oscura y una camisa celeste, guapo pero descuidado, bien planchado, pero necesitado de un corte de pelo, amable en las cortesías, pero no ceremonioso, tímido en su manera de reír, espeluznantemente sincero, personal y lúcido en las respuestas a su entrevista académica.

Fue María la que, al terminar la cita profesional, le dijo muy mexicanamente «qué gusto hablar contigo» y le dijo que se quedaría tres horas más. Juan le contestó que en realidad no le esperaba nadie, una manera muy suya de mostrarse disponible, así que juntos se fueron del despacho de Juan en la Escuela de Ingeniería a su famoso Mercedes Pagoda, por el que pidió disculpas.

—Yo sé qué es una horterada de coche, todo es un accidente que puedo explicar. Por otra parte, sé que es un coche maravilloso y que el día que me deshaga de él lo echaré de menos.

Juan conducía despacio pese a que llevaba un deportivo blanco. María sospechó que lo hacía para dejarse admirar, pero no le pareció mal; no le pareció mal estar en el centro de la escena por una vez. Llegaron a Moncloa y tomaron café en Galaxia, y después vino y cualquier cosa de cenar en una taberna de barrio de la calle Gaztambide. No hablaron de literatura sino de sus familias, de sus amigos, de sus amores y de México.

Juan le habló por primera vez de su piso en Torres Blancas, que se convirtió para María en un escenario mítico, extrañamente apropiado para su interés académico por el cruce entre la literatura y las ciencias exactas. A las nueve de la noche, Juan devolvió a María en la puerta de su colegio mayor y la escena («una mujer rubia desciende de un Mercedes blanco») causó estupefacción entre sus compañeras de residencia, que en ese momento cambiaron la imagen que tenían de ella.

Esa misma noche, María escribió a Ángela. Y algunos meses después, Ángela visitó Madrid con su marido, un español redicho que se empeñaba en explicarle a María que la Ciudad de México era insoportable. Daba igual. Lo importante es que Ángela conoció a Juan y que lo encontró maravilloso, un caballero, pero también un amigo, un hombre guapo, pero no de esa manera arrogante que tenían tantos guapos en 1976. También cometió una imprudencia Ángela: le dijo a Juan que María le había escrito una hora después de conocerlo y que le había dicho que con él iba a casarse.

Fue Juan el que propuso que aquella prima Ángela le diese el nombre a su hija, al cabo de un par de años, en parte porque le encantó escuchar aquello.

Pero ese no fue el problema: la pequeña vanidad es un pecado que a todos nos toca y que se puede gestionar con paciencia. El problema fue que aquella revelación fue el presagio de un futuro en el que el amor habría de convertirse en lucha de poder y en el que María habría de sentirse siempre mal armada. Y, por tanto, mal amada.

María intuyó ese desequilibrio y se hizo con un trabajo, un puesto de profesora de Literatura en un colegio en el que inscribiría a Angie al principio de la nueva década. Un sueldo, una rutina, una manera de presentarse ante los demás, eso es lo que necesitaba María. La docencia, en sí, le resultó soportable, fácil, un poco tediosa, pero no peor que aquella tesis doctoral que avanzaba a base de trompicones, de parones y acelerones. María agradeció no vivir pendiente de un gran proyecto, en singular, sino embarcada en una rutina de días iguales y nóminas mensuales. La compañía de los otros profesores, además, fue un descubrimiento feliz que amplió la gran noticia de su enamoramiento.

Por primera vez, María disfrutaba de los placeres de la amistad adulta. Las salidas nocturnas, los pequeños coqueteos, las excursiones en coche hasta algún pueblo en el que comer cochinillo o cordero, los nuevos vinos preferidos, los bares secretos, las visitas al Prado, los chismes obscenos… Teresa, una profesora de dibujo, andaluza, de pelo frito y túnicas *hippies*, se convirtió en su amiga y en la imagen contraria a la de Juan, el ingeniero del Mercedes. Entre sus dos vidas se colocó María.

Teresa le ofreció compartir piso, un lugar entre las calles que daban a la Glorieta de Quevedo, amueblado a la antigua, con pesados conjuntos de madera y ventanas que dejaban pasar el frío. Teresa había reivindicado aquel refugio como suyo y como un lugar más o menos contracultural por el método de habitar en su suelo. Lo llenó de alfombras de yute, superpuestas unas a otras, e instaló en el salón un mueble bar, un colchón cubierto por un lienzo de terciopelo rojo, alguna lámpara baja, del estilo del viejo mundo e irónicamente amnistiada y un tocadiscos en el que casi siempre sonaban óperas italianas. La vida se hacía allí abajo, como si el gesto de acuclillarse nos acercara a alguna esencia perdida. María no estaba muy convencida de esa hipótesis y a menudo tenía frío, pero disfrutaba de la amistad de Teresa y, en cualquier caso, sólo tenía que pasar dos o tres noches a la semana allí, como en un descanso de su otra vida como novia primero y prometida después de un joven bien.

Cuando María pasaba los fines de semana en el piso de Juan, agradecía la amplitud de aquellos 400 metros cuadrados, sólo en parte ocupados, pero amueblados con piezas italianas y llenos de refinamientos inimaginables en casi cualquier otro sitio. Se comía con vino y el vino era bueno, botellas de Viña Ardanza que Juan se hacía llegar desde una modesta bodega de barrio. La comida estaba hecha por una señora invisible que atendía el piso cuatro mañanas a la semana y en la que María pensaba con curiosidad. ¿Qué sabría aquella mujer de ella por el método de limpiar los restos de sus encuentros?

A Juan le gustaban la pasta, el queso, las verduras a la plancha, las navajas… Nada era antañón, como a veces le resultaba Madrid, pero tampoco epatantemente moderno. ¿Hacían el amor? Sí, desde el principio, con alegría y con palabras de enamorados. «Mi amor», «te quiero, te quiero, te quiero». Juan era un hombre complaciente, que aseguraba que el mayor placer posible consistía en propiciar y contemplar el placer ajeno, el placer de la mujer nunca del todo bien entendido por los hombres. No parecía obsesionado con poseer ni con aliviarse. Olía bien y era dulce, y no hacía falta más. María adaptó el lenguaje del español de España para el sexo. Le gustaba ser un poco obscena, pero sabía que eso era así porque Juan enlazaba sus dedos con los de ella con la mayor devoción y ternura incluso en esos momentos. Sus orgasmos eran una fuente de alegría, una bendición. A veces eran ligeros y espumosos y otras veces eran profundos y poéticos. María pensaba mucho en el sexo en esa época.

Un ginecólogo le había dicho que su matriz era infantil y que sus posibilidades de quedar embarazada eran mínimas, de modo que su entrega era absoluta y desprejuiciada. Y aun así, cuando María volvía al cuchitril de Teresa, agradecía la ligereza de aquel modo de vida precario y ligero. Hizo suya la palabra *cutre* y le dio la vuelta a su significado. Ser un poco cutre era un motivo de orgullo. Con su compañera de piso fue al Rastro y compró algunas antigüedades cutres y divertidas para Juan, que no supo bien qué hacer con ellas. Una Guadalupe de trazos infantiles, algunos elepés de grupos yeyés, un sombrero de *cowboy*...

Teresa y Juan se trataban con cordialidad, pero mantenían una distancia de seguridad.

Juan le pidió matrimonio. Estaba un poco borracho aquel día, en su manera inofensiva y dulce de estar un poco borracho. María estaba como una cuba y le dijo que sí. Al día siguiente, despertaron y se dijeron:

—¿Ayer hablamos de casarnos?

—¿Y qué te dije?

—Que te parecía bien.

—Me muero.

—¿Lo olvido?

—No. Me encantará.

María conoció a la madre de Juan, una mujer llamada Alicia, elegante y fría, que parecía vivir ensimismada en su soledad y que no casaba del todo bien con la imagen rutilante que se había hecho al escuchar las descripciones de su hijo. Alicia, es cierto, cambiaba su expresión cuando se dirigía directamente a su hijo, se volvía otra persona, mejor, vitalista, corpórea. Conoció también a Marina, que tenía la misma edad que María, y que le hizo mucha gracia en su humor negro permanente, tan cáustico que sólo podía hacerse daño a sí misma. ¿Le gustó María a Marina? Sí, pero no se permitió expresarlo, tal era el grosor de su caparazón. Y, por fin, conoció a Carmelo, el monstruo convaleciente que tenía la cara magullada después de pelearse en un bar por culpa de algo que le dijo a la novia de alguien, que en los últimos años había publicado dos novelas incomprensibles después de fascinar a media España en los años sesenta y que estaba en camino de su gran crisis psicótica. En esa época, Carmelo practicaba el personaje de un vampiro moderno, silencioso, obsceno y elegante. A María le pareció un personaje ridículo, a pesar de que ya había leído sus primeras novelas y las había encontrado divertidas y violentas, ampliaciones de la vida para aquellos que se acercaran a sus textos.

Cuando volvió de conocer a Carmelo, María agradeció que las botellas de Viña Ardanza la recibieran en el piso de Juan. Juan, el buen Juan, era un hombre facilísimo comparado con semejante elenco. En un par de días, anunció que un cura «amante de Brahms y del Prado», un hombre muy culto con el que había hecho amistad en algún proyecto de trabajo, les daba hora para una boda rápida y ligera de boatos en la iglesia de Nuestra Señora del Rosario, la más odiada de Madrid por su fachada de hormigón. A Juan le encantaba aquel edificio y a María le parecía que había una lógica entre vivir en Torres Blancas y casarse en aquella iglesia brutalista.

La boda iba a ser pequeña: algunos amigos, un traje azul, un vestido *beige*, una comida en un restaurante vasco-navarro, una noche en un parador y una pose de naturalidad, como si la diferencia entre ser novios y estar casados fuese un asunto administrativo. María avisó a México. Su padre se quejó de la urgencia, su madre le envió sus bendiciones en una carta extremadamente dolorosa por lo que quedaba implícito. Ángela anunció que compraría billetes de avión. Alicia, por su parte, recibió la noticia con aparente alegría, pero después saboteó la boda con una serie de crisis de salud, mal definidas y sospechosas: un efímero pero intenso dolor en los riñones, un desvanecimiento en un teatro, una inseguridad al andar, como si la cadera fuese a quebrarse. María entendió inmediatamente cuál era el juego que había empezado su futura suegra, pero no dijo nada. Hubo una segunda fecha a la vuelta del verano, siempre condicionada por la salud de aquella Alicia tarantulesca y pasivo-agresiva, y en desagravio, un viaje de novios a Lanzarote con la promesa de ser recibidos por César Manrique. Los padres de María recibieron el aplazamiento como la confirmación de todos los malos presagios que habían hecho caer sobre su primera hija. Sin embargo, reservaron billetes a Madrid, esta vez sí, cuando hubo una nueva fecha. Cuando llegaron a Madrid, supieron que el Banco de México había devaluado el peso en un 65 %, de modo que sus ahorros ya no valían casi nada y su estancia en Madrid estuvo llena de tensión y de discusiones en alemán que desquiciaron a la novia. María odió su boda, deseó que todo pasara lo antes posible y se sintió huérfana. En el banquete, su padre se le acercó para burlarse de Carmelo, de su chaqueta de cuadros de colores y su camisa verde. Su madre le reprochó el traje de novia, un vestido de verano de flores celestes sobre un fondo blanco roto que había elegido junto a Teresa y su prima Ángela, que también voló desde México, esta vez sin su marido. Ángela tonteó escandalosamente con un amigo de la carrera de Juan y Juan lo celebró con bromas un poco vulgares. María hubiera borrado a todos los testigos de su vida mexicana, pero en el viaje de Lanzarote, cuando Juan hizo alguna ironía sobre su familia política, le dolió profunda y secretamente. Ocurrió, precisamente, en La Tienda, en el despacho-club de César Manrique en Arrecife. Manrique le irritó con sus zalamerías. En cambio, el otro invitado de aquella tarde, un arquitecto con aspecto de *beatnik* llamado Fernando Higueras, la dejó asombrada en su manera eufórica de bailar entre temas de conversación y en llevarlos hasta el límite. Después de uno de aquellos bombardeos, Higueras cayó en un rapto de melancolía, se retiró a un rincón de La Tienda, tomó una guitarra y empezó a tocar para sí mismo.

María no lo sabía entonces, pero estaba embarazada. La noticia del embarazo llegó gozosamente para Juan, pero dejó a María desconcertada, incapaz de imaginar en qué iba a consistir su vida en los siguientes años. Antes de que llegara la primavera, se encontró las piernas empapadas en medio de una clase de literatura en el colegio. Pensó que se había hecho pis encima y se lo contó a Teresa como algo ridículo. Teresa la llevó a urgencias del seguro privado que atendía a los niños del colegio y lo siguiente que ocurrió fueron seis meses de cama y soledad. El encierro ensimismó a María en las complejidades de su carácter. Su madre se ofreció a viajar a Madrid. María se lo prohibió. Juan pasó dos días convaleciente a su lado porque le quitaron las muelas del juicio. Para él, la convalecencia compartida era un plan cómicamente romántico. María, en cambio, encontró insoportable la actitud de su marido como enfermo: teatral, indisciplinado con las medicinas e infantil.

El parón sexual le atacó en algo profundo. En el año y medio anterior, su identidad se había ampliado gracias al sexo. ¿Achicaría ahora que el sexo dejaba de ser una parte central de su vida de pareja? ¿Sería ese abandono para siempre? A escondidas, María bebía un par de copas de Viña Ardanza y fumaba algunos cigarros de tabaco rubio. Miraba al piso de Juan y pensaba que ahora ese era su hogar, pero que algo encajaba mal si tenía que convencerse a sí misma de ello.

El parto fue largo y odioso. María y Juan llegaron a la clínica al atardecer de un domingo y su hija sólo asomó al mundo a las nueve de la mañana siguiente. El médico olía a *aftershave* y estaba repeinado y María llegó a la conclusión de que nadie había tenido la mínima atención de acelerar su parto. Durante los siguientes días, esa conspiración fue su obsesión, su manera de decirle al mundo que algo no iba del todo bien. Angie le dio miedo cuando la tuvo entre los brazos. Pobrecita niña, pensó. Y pobrecita yo, que no soy capaz de relacionarme con ella con la naturalidad con la que Juan la coge y la mima, que no tengo a mi lado a mis padres ni a nadie que esté inequívocamente de mi lado.

Sí que hubo quien se pusiese de su lado. No sería justo reprochar nada a Juan, que fue dulce y paciente con ella y entusiasta con su bebé. Pronto llegó a casa una mujer llamada Consuelo, una andaluza del Barrio de la Concepción, de maneras aristocráticas, que se encariñó conmovedoramente de la niña y se apiadó de María. Gracias a Consuelo, María siguió trabajando en el colegio durante los primeros tres años de su hija.

Entonces, volvió a quedar embarazada y volvió a perder su placenta a los tres meses, sólo que esta vez no pudo rescatar a su bebé. Y, de nuevo, Juan fue cariñoso y amable, y estuvo pendiente de Angie, y cuando María le dijo que no quería volver al colegio, que no le gustaba tanto trabajar con adolescentes, la respaldó sin llegar a preguntarle, a llevar hasta el límite las razones de esa renuncia, el desajuste que estaba ahí debajo del iceberg.

Poco a poco, María empezó a relacionarse con naturalidad con su bebé, a aceptar a su hija físicamente, aunque su contacto fuese para ella algo íntimo y no el ruidoso festejo con el que su marido jugaba con Angie. ¿Qué decir de Angie? Que fue un bebé enfermizo durante sus primeros meses de vida. Rechazó el pecho de su madre y sufrió cólicos hasta que un pediatra le diagnosticó alergia a la lactosa. Entonces, empezó a florecer. Con un año ya se le atribuía una personalidad: parecía una niña curiosa, inteligente y esencialmente buena. Despertaba sin llorar y esperaba a sus padres con una sonrisa. Dormía sin grandes angustias y se comportaba con cierta delicadeza, incluso cuando rechaza ba una cucharada de papilla. Consuelo empezó a tomar decisiones sobre ella: impuso una rutina de salidas a la calle y horas de sueño, decidió cuándo quedaban obsoletos sus muebles y propuso que llevaran a Angie a una guardería porque la veía demasiado sola, sin hermanos ni primos ni otros bebés que la acompañaran.

Angie era mansa. Aceptó la guardería sin enfados, aunque las profesoras advirtieron a María de que se dejaba ganar por otros bebés con más empuje sin luchar verdaderamente. María empezó a ver en su bebé una condena de soledad y melancolía. Cuando le transmitió a Juan ese presentimiento, él no le entendió y le puso la misma cara de incomprensión que ponía cuando hablaba del obstetra psicópata que hizo esperar su parto hasta que estuvo desayunado, afeitado y perfumado.

En el segundo año de vida de Angie, María se obsesionó con su soledad y con la tendencia a la melancolía de su aún bebé. ¿Tienen tendencia a la melancolía los niños de un año y medio? No es fácil demostrarlo, pero María tuvo ese presagio y se angustió con él. Convenció a Juan para quedarse embarazada otra vez. Inventó para la niña un programa de actos sociales agotadores. Descuidó su amistad con Teresa y empezó a descuidar su trabajo en el colegio, donde había sido una profesora joven y atípica, atractiva para los alumnos, admirada por las alumnas, bien considerada por sus colegas. Pronto se convirtió en una trabajadora desmotivada que cumplía con sus mínimos con bostezos y cara de aburrimiento.

Juan sentía ese mismo repliegue en su vida de pareja. La mujer ávida de abrirse al mundo, la amante devota, la alumna inteligente, empezó a imponer sus manías y sus fobias. Algo, sentía María, iba mal respecto a Angie, pero Juan sólo veía en la niña a una criatura normal, razonablemente feliz. Cuando socializaban con amigos, María volvía obsesivamente a ese tema cargante y embarazoso. Algo iba también mal respecto al piso de Torres Blancas. Demasiado grande, demasiado agotador en su mantenimiento, demasiado hecho a la medida de la imagen de sí mismo que quería transmitir Juan al mundo. Demasiado bonito para una mujer que se sentía huérfana e inmigrante, que no había podido terminar el doctorado que la trajo a Madrid y que apenas tenía amigas. Demasiado bonito para una vida que tendía al fracaso, pensaba María. Confinada en su casa, empezó a obsesionarse con las averías del piso, con las suciedades que ninguna asistenta llegaba a limpiar porque no había manos en el mundo suficientes para tener aquella vivienda al día. Cada cinco o seis semanas, agarraba productos de limpieza de cuya existencia ignoraba todo hasta entonces y se sometía a agotadoras sesiones de trabajo doméstico en las que rechazaba cualquier ayuda, en las que transmitía una violencia sorda, irrespirable. Juan, al principio, trató de abordar racionalmente la frustración. Después, optó por escapar. Cuando llegaba el día de la tramontana de su mujer, al primer presagio, tomaba a Angie con cualquier excusa y se marchaba a pasar el día donde fuera, en el Museo del Prado o en casa de su madre o en El Corte Inglés.

Ocurrió algo en esa época. Ocurrieron dos cosas, casi a la vez: Mel tuvo el gran brote psicótico del bar de Alonso Martínez. Juan reaccionó de una manera extraña: se volcó en el pequeño núcleo de María y Angie. Fue aún más cariñoso y complaciente, suave y juguetón con su hija, como un cachorrito, romántico y cariñoso con su mujer, como si quisiera refugiarse en ellas del terror que le causaba su hermano. También de su responsabilidad hacia Carmelo. Nunca llegó Juan a abrirse con María al respecto, a contarle cómo se sentía respecto a su hermano y enemigo. Sin palabras, Juan convirtió el piso familiar en una especie de ciudadela sitiada en la que ignorar la aspereza del mundo. Ignoraba o decidía ignorar que María, a su lado, empezaba a sentirse rehén. La otra cosa que ocurrió es una tontería. Un día, María tuvo un accidente con una butaca Wassily que Juan se había regalado a sí mismo cuando empezó a ingresar buenas cantidades de dinero a través de conferencias, jurados de concursos y comités asesores de fundaciones culturales. La butaca era bonita y cómoda una vez que su usuario se había instalado en ella, pero el aterrizaje podía ser brusco y el despegue, trabajoso. Sólo era posible sentarse en la Wassily por el método de dejarse caer. Salir de ella era como escalar una pequeña montaña. Y la Wassily de Juan, como tantas cosas en aquel piso, estaba chapuceramente ensamblada, de modo que un día no soportó el peso de María y se desmoronó. Uno de los aceros tubulares le golpeó en la cabeza. Juan y Angie asistieron a la escena. Juan ofreció el humor para desdramatizar el desastre y Angie lo imitó, se rio nerviosamente. María, en cambio, reaccionó con una rabia que para ella misma fue difícil de entender.

Angie, con tres años, fue consciente de esa tendencia a la cólera de su madre, inimaginable en su padre.

Con el cambio de la década llegó el segundo embarazo y su aborto temprano. Su pérdida fue recibida al estilo de Juan Llovet. Juan, Angie y María se fueron a cenar a Al Duccio del Bernabéu, como en los días de tristezas y alegrías. Y a María le gustó eso, esa manera de dignificar las penas con buenas caras. La zanja entre ella y su marido se había abierto, pero María no ignoraba lo que había de noble en él. Al volver a casa, Juan le preguntó si quería que lo siguieran intentando. María dijo que podía ser, pero, en el fondo, no se sentía con fuerzas para ello. Miraba a Angie y veía en ella una niña a la que salvar de un mundo que, marcado por el carácter sentimental de Juan, estaba dirigido a hundirse. María pasó los siguientes seis años en casa, al cuidado de aquel Titanic de hormigón y de aquella niña que, mal que bien, poco a poco iba cumpliendo con sus ritos de socialización: la escuela de natación, el colegio, las fiestas de Navidad, la escuela de *ballet*, tres visitas a México, siempre tensas y cargadas de reproches.

No fue ni feliz ni infeliz en esa época, o, mejor dicho, logró ser apenas consciente de su felicidad y de su infelicidad. Consuelo fue desapareciendo de sus vidas poco a poco. Dejó de ser una empleada para convertirse en una especie de abuela de Angie, y la familia se instaló en una rutina aceptable. A través de Juan, María consiguió algunos trabajos para una editorial: informes de lectura, correcciones de novelas comerciales... Tuvo un atisbo de enamoramiento con uno de los proveedores de esos trabajos de poca intensidad, un editor de su edad que era como una réplica de Juan, sólo que más joven y más fresco. Un día, en una cafetería, María narró con humor negro y lucidez descarnada su soledad, y aquel hombre le contestó con frases moralistas de moda y con algunos tópicos. Decepcionada, María perdió todo su interés en cuestión de minutos.

Cuando Angie tuvo nueve años, la economía familiar pasó por algunas turbulencias económicas. Juan se había acomodado en la universidad porque su modo de vida le parecía poco exigente y fácilmente compatible con su otra vida como poeta, que debía compensar el recorte en los ingresos. En la práctica, el dinero de las conferencias y los jurados fue irregular y, casi siempre, por debajo de las expectativas. Además, la reforma de la casita en el pueblo que había comprado por unas pesetas se había encarecido más de lo esperado. El Mercedes desapareció y fue sustituido por un Citroën más pesado y familiar. Juan escribió un poema sobre el Mercedes del que después se arrepintió. Al cabo de pocos años, el Fiat Punto Blanco de María se habría de unir a la familia. Pero eso fue más tarde.

Cuando atravesaron aquella zona de turbulencias, María pensó que era la oportunidad que necesitaba y volvió a buscar empleo. Pasó por una galería de arte en la que su aspecto sofisticado y su acento mexicano causaron furor entre los clientes y en la que las comisiones por las ventas aumentaron su autoestima. Se aburrió soportablemente, pero tuvo suficiente éxito como para, al cabo de unos meses, afirmarse y retomar su doctorado con una nueva beca. María se propuso a sí misma hacer una carrera académica y darse ese tipo de amor propio que da saberse dueña de una carrera profesional moderadamente prestigiosa. Intercambió cartas con Gonzalo, aquel profesor mexicano que la había animado a cruzar el Atlántico y que la reafirmó en sus planes. Sería un lujo absurdo para el mundo académico prescindir de tu curiosidad y de tu inteligencia, querida María. Habló con Juan en busca de su aprobación. La recibió, pero, si no la hubiese recibido, eso no habría cambiado mucho las cosas.

De vuelta a la universidad, por tercera vez, María quiso empezar de nuevo y abrirse al mundo. La vida de una estudiante de doctorado de treinta y cinco años no está tan concurrida como la de una recién llegada a primero de dieciocho, pero María había desarrollado algunas herramientas para atraer a su alrededor a otros estudiantes. Los invitaba a casa y los recibía en un par de habitaciones de la planta alta, que fueron colonizadas como un negativo de la planta baja con su mobiliario italiano y alemán. Tableros de carpintería sin devastar apoyados sobre caballetes, cuadros rescatados de la basura, estanterías metálicas, fotos pinchadas en la pared con chinchetas, retratos arrancados del periódico de mitomanías personales, incluido Sáenz de Oiza, con sus gafas sobre las cejas al estilo de Le Corbusier. Una otomana de cuarta mano apareció por aquel estudio y fue restaurada personalmente por María, e instalada contra una pared recta. Después, llegaron tres sillas plegables de madera, una mesa baja con apliques dorados y superficie de espejo gastadísima, una nevera portátil y hasta un proyector de cine con una sábana blanca. María se construyó una pequeña república dentro del piso de Juan, un espacio amueblado y habitado en la ironía y el humor, lleno de destellos amarillos sobre la madera, lleno de papeles y de libros. Pronto, María empezó a recibir en su apartamento a sus nuevos compañeros que trabajaban juntos durante algún rato y después pasaban tardes enteras fumando y charlando. Angie, ya adolescente, estaba invitada a participar en aquellas tertulias, pero aquella gente la intimidaba. La bilbaína que hablaba a gritos, la lectora del tarot, el hombre de los Levi's 501 levemente afeminado, los secundarios que aparecían y desaparecían por aquellas *vernissages* académicas y que criticaban a alumnos y profesores. En su presencia, María trataba a Angie como a su amiga, como a una más. Cuando aquella gente desaparecía, a menudo era distante con su hija.

El resto de la casa, mientras, acusaba el descuido. Juan pasaba las tardes abajo, en la biblioteca de la casa, ensimismado entre sus tableros de delineación y sus libros de poesía, mientras María recibía en su estudio entre conspiraciones, confesiones y bromas obscenas. Angie, por su parte, ocupaba la cocina, donde hacía los deberes con un televisor encendido de fondo. Los tres vivían juntos, pero mutuamente ajenos.

Muchas noches, María se desvelaba y se iba a su otomana a leer y a intentar recuperar el sueño. Sólo una vez se permitió Juan quejarse veladamente de la vida privada de Angie y de la soledad que acusaba. ¿Se burlaban aquellos sabihondos de su poesía conversacional, a punto de pasar de moda? El hombre de los 501 había tenido la descortesía de confesarle que era un gran admirador de Carmelo Llovet.

Un día llegaron noticias desde México. El padre de María se moría y sus hermanas la llamaban para que lo acompañase. María llegó a tiempo y fue relativamente indiferente a la despedida. En la noche del entierro invitó a su madre a que la visitara en Madrid, a que pasara con ella unos meses. La mujer aceptó, aunque pidió a su hija que la esperara un poco, quizá un mes. La abuela de Angie llegó a España al final del verano y María tuvo tiempo de desmontar su estudio y convertirlo en un apartamento para su madre. La facultad le acababa de conceder un despacho con vistas a las arboledas de la Ciudad Universitaria, y la convivencia entre los invitados fijos de María se había deteriorado por alguna deslealtad aquí, alguna exclusión allá. Era el momento de cerrar aquel ciclo.

La visita de la madre de María fue una sorpresa para su hija. Aquella mujer eternamente encerrada en sí misma y pesimista parecía haberse quitado un peso de encima con la muerte de su marido. Durante aquellos tres meses madrileños, fue una madre cariñosa, una amiga sincera y una turista curiosa y agradecida. Para María, cuyo hablar mexicano se había ido disolviendo en dieciséis años en Madrid, reencontrarse con los sonidos de su infancia fue una manera de volver a casa. Y el ejemplo de su madre, el de una mujer de sesenta años y con buena salud que se preguntaba cómo quería vivir en adelante, no con angustia sino con ilusión, plantó la idea del divorcio en la cabeza de María.

Juan, por su parte, fue cordial con su suegra, no mucho más. Y Angie tardó algunas semanas en intimar con su abuela, pero terminó por apreciarla. En los últimos días, el afecto físico fue por fin natural. Nieta y abuela se abrazaban, pasaban tiempo juntas. María se sentía desagraviada al verlas. Por fin dejaba de ser una invitada en su vida.

Cuando su madre volvió a México, María se refugió en el trabajo. La lectura de la tesis, las clases, las intrigas del departamento. Angie volvió a separarse un poco de ella, a encerrarse en sí misma. Fue en esa época cuando María la abofeteó en la terraza del piso familiar. Y después fue la tragedia aquella de Victoria, y el aterrador silencio que se instaló en la familia en adelante, durante un curso de soledad para María, para Juan y para Angie.

Mil veces intentó penetrar María en la coraza que su hija se había construido, pero Angie la rechazó cada vez, y cada vez con más hostilidad. Para Juan, en cambio, siempre quedaron algunos resquicios, algunas grietas por las que Angie dejó que algo de amor circulara. María se culpó a sí misma. ¿Se había ganado esa distancia?

El piso de Torres Blancas empezó a mostrar el descuido de sus habitantes en su mantenimiento. María retomó el hábito de organizar sesiones de limpieza agotadoras y llenas de rabia. La ruptura de la familia estaba ya escrita. Sólo hacía falta algún malentendido, alguna frustración cualquiera que se interpretara como una humillación para que María saliese corriendo. En sus cálculos, la prioridad era aguantar hasta después de la Selectividad de su hija. No pudo cumplir con esa promesa que se había hecho a sí misma. Una mañana, aún en la cama, Juan se acercó a ella remolón y cariñoso. María se dio cuenta de que quería hacer el amor y lo rechazó. Él le dijo que el sexo o, mejor dicho, su ausencia, se estaba convirtiendo en un problema entre ellos y María empleó la palabra *repugnante* y, después, la palabra *asco*, y después salió huyendo hacia la cocina y, al ver el desorden y la suciedad de la que nadie se hacía cargo, cogió un cenicero lleno y lo lanzó contra una pared. Y esa misma tarde hizo dos maletas y se fue.

Al día siguiente, Angie empezaba sus exámenes. El estado de su cabeza en aquellos días era la estupefacción y el dolor por lo que consideraba una traición, pero lo disfrazaba de indiferencia ligeramente cínica.

17

Angie quiere contactar con su madre, pero también teme hacer esa llamada. Una parte de ella teme que María guarde reproches para su hija, que la culpe del caos de ese fin de semana. Ignora que es María la que se atormenta a sí misma con sus demonios. En la duda, cambia de planes, llama a Jaime y vuelve a fingir un tono de desenfado guasón.

—¿Cómo estás, conquistador latino?

—Angie, te iba a llamar, no me sentí bien con que te fueras sola anoche, luego tuve preocupación de que llegaras bien a casa.

—No seas tonto, no tuviste ninguna preocupación, preocupadísimo te vi con Anne Therese. ¿Es la primera vez que te besan? Es la imagen que transmites, siento decírtelo así.

—No soy tu amiga ni tu amigo gay para que me preguntes estas cosas esperando que te lo cuente todo ni para que me retes.

—No jodas, Jaime, venga.

—No te pongas española con el venga.

—Soy española y tú empiezas a sonar español, chaval. Me pareció superguapa la tía. ¿Vas a quedar con ella otra vez?

—No lo sé, no me hago muchas ilusiones. Yo soy un niño y ella está en otro planeta. Yo, no sé.

—Llámala.

—No sé, todo ha sido confuso, yo no tenía que habérmelo hecho con ella, tenía que habérmelo hecho contigo.

—Porque tú lo digas.

—No lo sé. Sí, o sea, no, no es porque yo lo diga, pero habría sido lo natural. Tú podías haberme rechazado, por supuesto, pero era eso para lo que me estaba preparando desde hacía meses. No conscientemente, pero...

—Joder, Jaime.

—Bueno, lo siento, supongo que esta conversación es confusa y más sincera de lo que esperaba.

—No, está bien.

—Quiero decir que si hubiera acabado contigo, ahora estaría eufórico y enamorado. En vez de eso, estoy confundido, no sé si Anne Therese me ha utilizado para sacarse el enfado que tenía porque no apareció el tío aquel, o si me esperan tres semanas de iniciación divina en el sexo a través de una experta mujer adulta.

—Amancio se llamaba el tío, me acabo de acordar.

—Amancio, pucha España.

—Bueno, no me parecen mal ninguna de las dos opciones.

—Lo importante de lo que te he dicho no es eso, Angie.

—Lo sé, pero todavía tengo que pensar qué me parece.

—Eso es como haberlo dicho ya todo.

—¿Qué? ¿Quieres, enrollarte con una el lunes y conmigo al día siguiente?

—Angie, no es eso.

—Ya lo sé, es una broma.

—Llevas desde que me llamaste con el tono ese de reírte de mí, y yo con resaca y abriéndote mi corazón.

—Ayer te burlabas tú de mí, te recuerdo. «Soy tu único amigo español»... ¿Me das el teléfono de Anne Therese?

—¿Por qué?

—No es para hablar de ti, no te preocupes. Que estás siempre a la defensiva.

—Lo tengo que buscar.

—Me cayó bien ella, eh, que conste. Por eso te pido su número.

—Un poco loca.

—Un poco loca. Sí. Como yo, quizá.

—Un poco menos.

—¿Follasteis?

—No estoy muy seguro, aunque te rías de mí. O depende de dónde pongamos la frontera.

—¡Jaime!

—Yo qué sé, no conozco el lenguaje con el que se cuentan estas cosas.

—¿Y qué tal? ¿O tú ya venías estrenado del colegio de curas en Lima? Rollo la novela de Bayly que me pasaste.

—Pero por ahí era diferente, era por amor verdadero.

—¿Qué tal?

—No soy tu amigo gay, de verdad, por favor te pido, Angie que no sea ese el trato que me des en adelante.

—En serio, ¿cómo estás?

—No sé, tengo resaca. Estaba borracho. No sé cómo estás tú así de fresca.

La amistad podía estar bien, piensa Angie cuando cuelga la llamada con Jaime y marca el número de Anne Therese. Piensa que no siempre tendría por qué vivir en tercera persona. Para ese momento, ya se ha olvidado del afán de llamar a su madre o, al menos, lo ha aplazado.

Y Anne Therese, que sólo coge el teléfono después de que un hombre con acento catalán la haga llamar y de una espera que hace pensar que su piso compartido es un palacio atestado de muebles, suena dulce y sorprendida, como una niña que recibiera los regalos en el día de Navidad. Su español, sin el efecto desinhibidor del alcohol, resulta un poco más patoso que en la noche anterior, pero eso le da un aire de fragilidad que la hace accesible para Angie.

¿Quiere hacer algo esta tarde? Sí, pero a las siete debe quedar liberada porque tiene una prueba en un trabajo, en un sitio por Orense. ¿Quiere venir a la piscina de Torres Blancas? Tomar el sol es lo que necesita justo en ese momento, y tampoco hay mucho más que hacer en las puertas de otro día atorrador.

La cita es un éxito, por lo menos al principio, porque a Angie le da tiempo de preparar unos espaguetis con salsa de tomate y atún y Anne Therese aparece a tiempo con lo que parece una delicia insólita llamada humus que, según explica, consiste en triturar garbanzos, «básicamente son garbanzos», y que se come con zanahorias crudas. En el acto, Angie se queda prendada con su encanto, que ya para siempre habrá de ser un espejo del de Faye Wong en *Chungking Express*. Las gafas de sol gigantes, como antifaces convexos y negros, el pelo corto y de un rubio casi decolorado, la camisa masculina de cuadros chirriantes y de cuello enorme y corte antiguo y desgastado, que le llega hasta medio muslo y le funciona como un vestido playero, los zuecos, el bikini de punto, la bisutería inmensa y de colores, la mochila de *hippie*... ¿Cuánto le habrá costado toda esa ropa a Anne Therese? ¿Unas pocas pesetas?

Las dos nuevas amigas abren una cerveza antes de comer y empiezan a hablar entre ellas en alemán. Anne Therese, en ese momento, empieza a cambiar de personalidad muy levemente. En vez de ser una criatura inocente, como salida de otro planeta, empieza a mostrar un humor más ácido, más negro, un poco desesperado, mientras que Angie, al contrario, se vuelve sencilla.

Le pregunta Anne Therese a Angie si le gusta Jaime, si le había enfadado que estuviera con ella. No sabe y no respectivamente, responde Angie. No sé por qué hago estas cosas a veces, o sí que lo sé, pero me pregunto por qué no tengo un poco de contención, ya debería haber aprendido a tener algún control, cuenta Anne Therese. ¿Tanto le gustan los chicos? No son los chicos los que me gustan, es que a veces parece que es la única cosa que sé hacer bien, el único momento en el que estoy en una posición de control sobre el mundo.

No hace falta que Anne Therese le explique más a Angie, anoche ya entendió intuitivamente la trampa en la que estaba su alma. El violín también me daba sensación de poder, pero lo tengo en Alemania y me da terror pensar en la próxima vez que lo coja.

¿Te gustó estar con Jaime? Es raro. Es dulce. Al final estaba muy borracho. En la piscina, en la hora del calor más imprudente, Anne Therese toma el sol en toples. Se despoja con absoluta naturalidad, y Angie duda si advertirle de que en el pasado ha habido algún conflicto entre los vecinos por alguna pionera que tomó el sol con el pecho desnudo: la hija del judoka, alguna de las chicas del dúplex *belle de jour*... Al final lo deja pasar y dormita una siesta a la sombra. Anne Therese, en cambio, sigue una disciplina absolutamente sistemática. Se cubre de protector, toma el sol quince minutos boca arriba, se da la vuelta, toma el sol quince minutos boca abajo, se pone la parte de arriba del bikini, se da un baño y vuelve a empezar. En el bolso lleva un libro en español sobre una mujer occidental que se fue a vivir al Tíbet enamorada de un joven de las montañas. La portada es un juego de blancos sobre blancos, para evocar la nieve en el Himalaya.

Cuando los niños del edificio empiezan a llegar a la piscina, cuando han terminado sus siestas y se acaban las horas en las que el sol parece un asesino, Angie y Anne Therese recogen sus cosas y regresan al piso de Angie por el pequeño laberinto de escaleras de caracol, maderas y hormigones. Angie necesita una ducha y cambiarse porque han quedado en que la va a acompañar a su piso de la calle Cartagena y, después, hasta la cita de la calle Orense. A lo mejor me busco un trabajo para el verano, dice Angie. Disfruta este verano, Angie, luego siempre vas a tener obligaciones. Angie deja a Anne Therese con un vaso de coca cola en la mano cuando entra en la ducha.

Y cuando sale, vestida de negro y corto como para salir de noche, quién sabe por qué, encuentra a Anne Therese charlando con su padre, que en algún momento ha llegado de la escuela, y que, en vez de ponerse a la defensiva ante la presencia de una extraña en su casa, ha desarrollado su personaje de poeta tímido y encantador, de hombre de puertas abiertas, a medias conquistador y a medias confidente. De una manera instintiva, Angie se dirige a su padre y lo abraza como una niña que quiere defender sus propiedades. Juan se ofrece a llevar a las chicas a la calle Cartagena.

El trayecto es corto, pero caminar por la calle con semejante calor es una imprudencia. Y el piso de Anne Therese resulta no ser un piso, sino una casita de pueblo con un mínimo jardín delantero. El interior parece una réplica de aquel estudio que su madre instaló en Torres Blancas, sólo que hecho en una versión más bastarda, sucia, desgastada y áspera. Anne Therese ha intentado dejar su marca a través de las pequeñas cosas, de algunos dibujos y de algunos muñecos a los que ha dado la categoría de esculturas. Sin embargo, Angie no consigue sentirse cómoda en el lugar. El compañero de piso catalán no aparece en ningún momento, pero su presencia inminente es un motivo de inquietud para Angie.

Cuando por fin salen del piso, Anne Therese ya no se parece a Faye Wong. Parece otra cosa, parece una actriz de los años cuarenta en un papel de mujer fatal. Está morena, viste unos vaqueros ajustados de corte premeditadamente antiguo y un *minipull* de rayas de colores. Sus ojos están envueltos en pintura negra.

—Invito a taxi.

Cuando llegan a Orense, Anne Therese parece entrar en una especie de trance, en un momento de concentración extrema, como la de un tenista antes de una final. El lugar de la entrevista de trabajo es un bar que incluso Angie, en su ingenuidad, sabe identificar como un club nocturno, a medio camino entre un pub y un prostíbulo.

—Anne Therese, mejor me voy a casa, ¿sí? Me estoy sintiendo cansada.

—Sí. Gracias por todo, me ha encantado el día.

—¿Me llamas?

Todavía hay dos horas y media de sol por delante y la ciudad parece inofensiva. Angie regresa a casa caminando, sin pensar en nada. Sin pensar demasiado en su madre.

18

El día termina.

Marisa Paredes y José María esperan un taxi en el portal camino de alguna cita rutilante. Las chicas del dúplex *belle de jour* juegan a las cartas en un recoveco del solario, perezosas ante la jornada que habrá de empezar al anochecer. La Gritadora clama «¡Hijos de puta!» al viento y El Croata busca conversación en la barra de una cafetería al otro lado de la calle Padre Claret. Nuestros hijos apuran la luz del día en la piscina. Javi el Guapo graba cintas para la hija del Judoka, con la que coincidió anoche en un bar y con la que estuvo hablando algunos minutos. La hija del Judoka escribe cartas al buzón de los lectores de la revista *Ajoblanco* en la que dice: «Suri: chica bi, Madrid. Jazz, literatura, cine asiático... Amistad y lo que salga». El rockero argentino completa el triángulo amoroso en torno a Suri. Es bonito que desafíe el tópico y que en este momento sea el único de los vecinos que de verdad trabaja, sentado ante el piano, muy concentrado. El Judoka, por su parte, revisa concienzudamente extractos bancarios y cotizaciones bursátiles del índice Nikkei, rodeado de ejemplares de *Expansión*. Pablo Aragón juega al fútbol con una pelota de tenis en un pasillo/ensanchamiento del piso de sus padres. Su rival es su hermano pequeño y Pablo le hace trampas. Manoel, el hermano de Victoria, aterriza en Madrid y se dirige a los brazos de sus padres. Su decisión es quedarse con ellos y hacer carrera en la moda. Aunque os riais, no lo tiene mal. Las Dos Mujeres de Gris, pioneras de la especulación torreblanquina, salen de un acto de la agrupación del PCE en Prosperidad. Ignacio y Mame se hacen los desconocidos en el supermercado porque han coincidido con alguien y todavía les da apuro que los vean juntos. Cuando vuelven a unirse, Ignacio se ríe y Mame también, pero menos. La Crítica de Música Clásica Tartamuda bebe una copa de licor de *grappa*, triste porque su marido se ha marchado de un portazo «a airearse un poco» después de que ella dijera algún desd-desd-desd-ee-e-eén, algún desdén contra Samuel Barber, que es el compositor preferido de él.

Y alguien tiene que estar haciendo el amor, ¿no? En un edificio tan grande, cabe pensar que los encuentros se encadenen o más o menos. Por desgracia, el amante del día es el zafio de la Gestoría del Tercero, que intima con la dueña del taller al que lleva su BMW y que, a la vez, es su cliente. Su intimidad se produce sobre unas feas sillas giratorias y está basada en la compartida necesidad de un alivio rápido y en la mutua desconfianza. Javier Arregui también ha bebido un par de cervezas, pero ha llegado a un punto en el que no se le nota. Dentro de unos minutos llamará a la puerta de

Angie y la invitará a dar una vuelta por el barrio, pero el paseo será un poco frustrante para los dos porque ninguno de ellos llegará a desinhibirse y a abordar las cosas que quieren contarse.

Jaime escribe una carta a una antigua novia limeña de la que nunca ha hablado a Angie. Le cuenta a la chica en sus letras sobre Angie, pero no sobre Anne Therese, y esa es su dolorosa manera de despedir su correspondencia. Carmelo conduce el Mercedes de alquiler que Marina ha pagado para rodar las escenas de su tonta versión de «La vida sigue igual». Lo hace muy despacio porque su carnet de conducir está caducado desde hace dieciséis años. Marina, en el asiento de al lado, filma cámara en mano. La viuda del cocinero suicida y sus hijas juegan al Trivial Pursuit. Una de las hijas es prodigiosa acertando preguntas en todas las categorías y la viuda piensa que es a ella a la que tendrá que vigilar para que no acabe imitando a su padre.

El Navarro Loco hace obras en su casa y, al picar una pared, causa, como anunciamos en nuestras primeras páginas, una avería extravagante en las instalaciones de varios vecinos, que acuden a reclamarle. ¿Cómo dice el tópico? Si alguien nombra una pistola al principio de una novela, lo correcto será que la misma sea disparada al final del relato. Bueno, dejémoslo por esta vez en que el Navarro Loco la empuña ante sus aterrorizados vecinos.

Eusebio, el capitán de los porteros, ve *Scarface*, la versión de Howard Hawks de 1932, porque Eusebio es un secreto cinéfilo y su momento favorito de la semana, con muchísima diferencia, es cuando ponen *¡Qué grande es el cine!* en La 2. Juan Llovet escucha música brasileña. El traje de vaca está abandonado en un rincón del piso de Carmelo y Marina. María pasea por el centro de la ciudad sin ningún rumbo. En varias casas, los televisores están encendidos. *Médico de familia, Farmacia de guardia, ¿Quién da la vez?*

Angie piensa que no volverá a ver a Anne Therese y que no le toca salvar su alma. Llama al número de su madre, pero no la encuentra. Se va a pasear con Javier, pero se impacienta en sus balbuceos. Mañana rodará con su tía una extraña aparición que han preparado para ella: como una vampiresa gótica, saldrá de entre los telones maquillada en blanco y negro.

19

Juan y Carmelo Llovet siguieron hablando a partir de aquella mañana en la que los tres hermanos y la sobrina Angie desayunaron juntos. Hablar es una manera de decirlo, claro. Sobre todo al principio, porque Carmelo, medicado por su psiquiatra, era un conversador dulce, inconstante y poco capaz de profundizar en los temas. Parecía un niño, pero Juan descubrió que podía llevar bien esa torpeza, que cosas sencillas como llevar a Juan en coche a cualquier recado, a comprar un regalo de Navidad para Marina, por ejemplo, le recordaban mucho al tiempo perdido y añorado junto a su hija, cuando tenía nueve años y la llevaba a clases de *ballet*.

—¿Te acuerdas de los puñetazos que me dabas? —le dijo Juan a Carmelo un día en el que este había jugado al cachorreo con su hermano, y había hecho como los amigos adolescentes que a veces imitan los gestos de las peleas como una manera de liberar tensión y de mostrarse afecto.

—No me acuerdo. O bueno, sí. Una vez. Aquí te di.

Y se señalaba Carmelo el pómulo derecho muy contento.

«Sí que se acuerda el cabrón», pensó Juan, porque era verdad que el más sonado golpe de su hermano fue a dar a su pómulo derecho.

Juan fue el que tuvo la idea de escribir un libro con Carmelo cuando fue obvio, por fin, que la película de Marina era eso que en otra época se llamó un objeto de culto, cuando la demanda de entrevistas y de estrenos en filmotecas suizas, belgas y checas se convirtió en un goteo constante. En televisión, los humoristas interpretaban *gags* que imitaban las escenas de Carmelo vestido de portero de fútbol, y en las universidades salieron adelante tres tesis doctorales sobre la familia Llovet.

Juan conocía mejor que nadie los libros que Carmelo había escrito en su cuesta abajo rodando hacia la locura, era el que había leído con atención y con las claves necesarias esa sucesión de imágenes obsesivas, repetitivas, confusas, a veces demasiado crípticas y a veces demasiado descarnadas, repugnantes en su brutalidad y desestructuradas. Era Juan la persona que conocía los materiales de aquel caos y la que podía darles cierta forma, un aspecto atractivo para el público.

Para el propio Juan, la idea era tentadora. María se había ido de casa hacía ya un año y medio, Angie estaba en México, su vida en la universidad le exigía muy poco y su economía había encontrado cierta estabilidad gracias a los derechos de autor sobre la odiosa serie de Carlos Larrañaga y a su canción «escrita por Juan Llovet», como aparecía en los créditos.

A partir del poema de la muerte de Vicki, Juan había empezado a sentir repugnancia hacia su carrera como poeta. En los días malos, pensaba que todo había sido un juego de vanidades, que todo había sido un anhelo de competir con su hermano a través de la literatura, pero que, después, derivó en una adicción, un teatro dirigido a recibir el afecto de los demás, que nunca era suficiente, como la droga para sus adictos.

Después de aquellos versos para su hija, que recibieron tanto amor de aquellos que a Juan no le importaban nada y que causaron tanta vergüenza en aquellos a los que de verdad necesitaba, Juan dejó de escribir poesía. En una entrevista dijo que la poesía era una búsqueda consciente de lo epifánico, y que esa búsqueda estaba condenada al fracaso, porque lo epifánico se nos aparece al azar, si acaso se propicia, pero nunca se fuerza. En las fotos de la entrevista, aparecía Juan retratado sobre un fondo de hormigón y madera que ya sabéis todos de dónde había salido, ¿verdad?

Así que un día, comprando ropa para Carmelo (ropa buena, negra, como una obsesión), le dijo a su hermano si no quería que escribiesen juntos un libro sobre su padre. Carmelo, al principio, estuvo callado. Cuando volvieron a Torres Blancas y estuvieron en el piso de Juan (Carmelo había empezado a alternar las casas de sus dos hermanos), fue a su biblioteca y buscó el estante en el que Juan guardaba sus libros. Y sacó de allí cuatro libros.

—Mira, yo he escrito sobre papá. Este. Y este. Y este.

—Sí, pero lo que te propongo es que lo escribamos los dos. Y que lo lea gente, porque esos libros los he leído yo y nadie más.

En realidad, a Carmelo le dolía en el orgullo reconocer que ya no tenía la concentración necesaria para escribir, que la había perdido hacía tiempo. Temía que, al medirse con la plenitud intelectual de Juan, el instinto competitivo volviese a despertar y los dos hermanos volvieran a odiarse y que a él le tocase esta vez el papel de perdedor. Y le dolía que la posible repercusión de un nuevo libro condenara a los suyos al olvido definitivo.

Marina fue la persona que medió, como tantas veces, la que convenció a Carmelo con un aliciente infantil.

—Podemos pedirle al psiquiatra que baje un poco tu medicación para que puedas escribir mejor.

Y Carmelo, que vivía el limbo de los antidepresivos con resignación y aburrimiento, encontró la motivación que necesitaba.

*   *   *

El verano de 1998 estaba al caer. Juan llevaba tres años y medio sin escribir poesía y dos años y medio sin hacer la vida social de los poetas, sin visitar a los maestros ni acompañarlos en sus homenajes oficiales, sin escribir en los periódicos, sin ir a las fiestas de las editoriales ni dar conferencias en los cursos de verano de Santander y de El Escorial. No lo echaba de menos. Había probado a hacer una obra de teatro, pero le pareció un poco ridículo su resultado. Su último acto en el oficio de poeta consistió en aceptar una invitación junto a otros dos escritores a los almuerzos para el gremio que el nuevo presidente de derechas del Gobierno celebraba en el Palacio de La Moncloa. Juan no había votado a aquel hombre que le parecía antiguo y aburrido en sus formas, pero tampoco sentía un rechazo tribal como otros colegas, ni se sentía vinculado a la cultura política que acababa de ser derrotada. Uno de los escritores invitados a la comida de Juan adoptó el papel de adulador del hombre del momento. El otro, lo confrontó como si quisiera deshacer el gran agravio de su victoria. Juan en cambio, intentó fingir normalidad. El presidente les hablaba de Manuel Azaña, de los hermanos Machado y de Manuel Chaves Nogales como si recitara un examen. Juan dijo poco; cuando habló, eludió cortésmente el esfuerzo del presidente por recibir la aprobación literaria de sus invitados, e intentó hablar de cosas como los hijos, el palacio en el que el presidente se había instalado y el trabajo en la universidad. El nuevo Juan era un hombre en recogida, pero no quería presentarse como un nuevo sabio del desprendimiento.

Al terminar la comida, una mujer llamada Marta, empleada en el gabinete del presidente, le emplazó a una nueva llamada. Quería hablar con Juan de asuntos de trabajo. Marta y Juan se encontraron comiendo al sábado siguiente. El presidente se había llevado buena impresión de él y quería que Juan ayudara a escribir algunos discursos, piezas sueltas y concretas, relacionadas con asuntos de cultura. El trabajo sería anónimo, aunque Marta le advertía de que, al final, siempre se acababa filtrando quién estaba en estas cosas, hay que asumir el riesgo. No hacía falta ir a ninguna oficina, el Gobierno le instalaría un fax, aunque su estatus sería el de un colaborador subordinado a una estructura más formal. Sería un proveedor de servicios en forma de discursos. Las tareas se podrían planificar con tiempo, quince horas de trabajo al mes y, según calculó Juan, le valdrían para pagarse dos viajes a México al año.

La comida de Marta y Juan se alargó hasta la media tarde y se deslizó hacia lo personal. Y cuando Torres Blancas salió en la conversación, Marta contó que había conocido a Oiza y que le encantaba el edificio, pero que nunca había estado dentro, y Juan le dijo que estaba desentrenado en eso de hacer vida social en casa, que no sabría preparar una cena para un grupo, pero que podría intentar algo. Marta le dijo que, por su parte, podían prescindir del grupo, y desde ese momento todo fue un sencillo discurrir que la llevó a conocer Torres Blancas esa misma noche. El ya expoeta declinó la oferta de Moncloa, pero se unió a Marta durante los siguientes nueve meses.

Era bonita Marta, de una manera muy diferente a la de María, que, idealizada en la ausencia y el abandono, se había convertido en el molde de la belleza de todas las mujeres para Juan. Era bonita de una manera seria, a pesar de que su conversación estaba llena de bromas leves y de dulzuras. No era huesuda Marta, ni clara de piel y de cabello, no era once años más joven que él, ni tenía una manera de hablar musical ni ropas modernas y sexis, sino que era compacta y pequeña, y sus ojos eran negros y su piel blanca y, cuando Juan la miraba después de hacer el amor, experiencia muy diferente a la que recordaba de veinte años atrás, pero no peor, pensaba en algo antiguo, en la dureza del país en el que les había tocado vivir y en su belleza un poco áspera. Y entonces se acordaba de que claro que sí, de que era o había sido poeta, de que no todo había sido un engaño.

«Azorinianamente pienso en tu piel», le decía Juan a Marta y Marta se reía. Como era una mujer culta y osada que se sentía bien en los desafíos, le contestaba que preferiría tener una piel que fuese como Venecia para los novísimos y, después, para festejarlo, se lo llevaba a un restaurante italiano, que eran los únicos que le gustaban a Juan a esas alturas. Juan se sentía bien a su lado, sentía que el amor al mundo que ofrecía le hacía bien a alguien, por fin, y que esa era la mejor reconciliación consigo mismo que podía imaginar después de tantos años de malentendidos. Le dijo «te quiero» la tercera vez que durmieron juntos y ella le contestó con las mismas palabras que a Juan le hacían pensar en el verbo resonar, más que en sonar. Alguna vez sintió Juan que cada vez que decía «te quiero» parecía como si sus palabras fueran barrotes en una celda autoconstruida, porque se acordaba del largo desamor de su primer matrimonio. Pero tampoco habría sabido expresarse con tacañería, eso jamás.

Marta también era intensa en su manera de hablar del amor y del compromiso, quizá un poco más rígida que Juan en sus opiniones. ¿Era más conservadora? Sí y no. No en lo que tenía que ver con la política, sorprendente descubrimiento, pero sí en su tendencia a construirse certezas allí donde Juan estaba encantado de relativizar. El piso de Marta en Chamberí estaba amueblado según un gusto más antiguo que el de Juan en Torres Blancas, pero el mundo de Juan, más lúdico e informal, le parecía atractivo.

En verano, Marta ascendió a secretaria de Estado y fue absorbida por el trabajo. Y un día, por complacer a su novio expoeta en un compromiso social (por complacer a Juan, que en realidad nunca exigía nada) le dio plantón a una de sus hijas adolescentes. La culpa que cayó sobre Marta hizo que la duda se instalara en ella. Otro día, impulsivamente, nerviosa por el pequeño tumor que crecía en su relación, Marta cortó por lo sano, amputó, dijo que era mejor dejarlo que entrar en un lento deslizarse hacia la indiferencia. Por razones generacionales, Marta y Juan sólo concebían la pareja como algo que caía totalitariamente sobre la vida de sus miembros. No supieron, no estuvieron educados para convivir de una manera leve. Fue una pena y un error que Juan sólo entendió al cabo de los años. Se separaron y Juan actuó con resignación. Tenía cincuenta y seis años y pensó que esa parte de la vida, la de las amantes, los enamoramientos y los proyectos compartidos, se le terminaba. Marina, eterna soltera, recibió a Juan en el club de los solitarios con ironía, con esa actitud suya de «ay, vanidades». Carmelo, en cambio, se mostró en su nueva personalidad inocente y bondadoso. Se ofreció a hablar con Marta. No hace falta, Carmelo, de verdad, mil gracias.

Angie vivía en México en esa época y, aunque no lo había dicho, daba la sensación de que estaba allí para quedarse, arropada por la familia de su madre, empeñada en presentarse ante el mundo como una persona nueva. Visitaba Madrid dos veces al año, en Navidad y en septiembre, pero nunca parecía del todo relajada en esos viajes. Evitaba la vida social, dormía diez horas y se mostraba cariñosa pero esquiva con su padre. El trabajo de Juan tampoco era exigente a esas alturas. De pronto, por primera vez en su vida, había que llenar los días, así que tuvo la idea de escribir el libro de su padre con su hermano Carmelo, un texto que sintetizara los libros de sus años oscuros, que desbastara los materiales preciosos de entre el granito. Juan había leído a Patrick Modiano y a James Ellroy en esa época y había empezado a imaginar una novela hecha con la historia de su padre en ese estilo, minimalista, violento y basado en la evocación.

El libro debía aparecer firmado junto a Carmelo, porque eso era lo justo y lo bello, y porque, después de la película de Marina, el apellido Llovet era más atractivo si aparecía repetido dos veces, mejor que una. Por desgracia, Carmelo no estaba en condiciones de escribir. Se desconcentraba, gastaba mucha energía en tareas innecesarias y después se sentía culpable y nervioso. Cuando los dos hermanos se citaban a repartirse el trabajo, Carmelo encendía el televisor e invitaba a Juan a sabotear su proyecto viendo películas como *Corazonada*.

Su hermana Marina le dio la idea a Juan: dale a tu texto la forma de una entrevista, básalo todo en el lenguaje oral. A

Juan le pareció bien y a Carmelo también. Siempre estaba encantado de tener quien le escuchara.

Marina le dio otra solución a un problema que surgió entonces. Cuando Carmelo logró que su psiquiatra lo autorizara a bajar su medicación y consiguió presentarle algunas frases, Juan descubrió párrafos compuestos por frases recortadas de libros suyos y dispuestas como en cadáveres exquisitos.

«Los *avagardners* en los escaparates de las barberías, los soldados en la aduana, las gaviotas, pañuelos, adiós, un cuerpo desnudo, piel de marfil, en un sofá, cuero azabache, rubí azul, no existen los rubís azules, estúpido».

Cosas por el estilo, evocadoras, pero salidas de quién sabe qué planeta. ¿Qué hacer con ellas?

¿Cómo decirle a Carmelo que su autoría del nuevo libro iba a ser en forma de testimonio y no poética? «Haz como en la película: trabaja por inserción. Coloca los textos de Carmelo para que sean como paredes en blanco en las que descansar la mirada», le dijo Marina. «De hecho, lo que tengan de poéticos los textos de Melo te permitirán a ti ser informativo hasta el límite, te va a dar permiso para escribir limpiamente. Funciona como un montador en el cine».

Ese verano, Carmelo y Juan se fueron a la casa de Juan en el campo y pasaron ocho días paseando y hablando. Juan se fijaba en las manos de Carmelo, que eran como una tierra demasiado calcárea, poética pero magra.

20

Primer plano de Carmelo, que aparece diferente, sereno, se diría que dignificado después de haber salido como un cómico. Su voz, que se diría antigua y untuosa, ya no nos molesta porque nos hemos acostumbrado a ella.

«Papá tenía un Opel Olympia color café con leche, con la capota un poco más oscura y la matrícula en un lado. A veces veo ahora coches que tienen la matrícula a un lado, me he dado cuenta de que es una coquetería de algunas marcas, y me acuerdo siempre. VI-2733 era la placa. Era un coche pesado y, no sé cómo decirlo, pesado, potente, así, ¡como un tanque! Y el sonido, el sonido era un poco agudo, a mí ese sonido agudo siempre me parecía un presagio de algo que fuese a romperse. Pero no, qué va, el hombre cuidaba el Opel como si fuese un tesoro. Bueno, es que era un tesoro y además era su modo de vida porque los clientes suyos eran, sobre todo, agricultores, gente que tenía vides y cereales y que producía para el Gobierno Civil. Bueno, clientes no era la palabra exacta.

»Su vida era ir a ver gente a los pueblos, ir a ver a señores que tenían campos y que tenían cupos que entregar al Gobierno Civil. Era una cosa casi socialista.

»Papá estaba en Vitoria cuando la guerra, con veintitrés años. Tenía Derecho recién terminado y su idea era pasar el verano y despedirse para siempre, su vida estaba en algún ministerio, pensaba él. Pero lo cogió la guerra en Vitoria. Lo pasó mal al principio porque él en Madrid había estado en el mundo del partido de Azaña y en Vitoria eso se sabía, cuando iba en verano estaba en la tertulia de Perujo Sampedro y esa gente. Lo que le salvó, al principio, fue su padre, el abuelo Carmelo, que era juez aunque su lealtad no estaba tan clara al principio. Y, sobre todo, su hermano, el tío Íñigo, que Íñigo sí estaba en el cogollito del Golpe en Vitoria.

»Le salvó también el título de jurista, porque los militares necesitaron enseguida de gente que les articulara su economía de guerra, todo lo que tuvieron que implementar para seguir produciendo y funcionando como mercado: propiedades requisadas, disoluciones judiciales, nuevas sociedades, etcétera. Y no tenían tanta gente, claro, que pudiese hacer contratos e informes.

»Él era impecable, de presencia impecable. Con la cara como esculpida en granito. El trato pulcrísimo. No fumaba. Se parecía a Gary Cooper de joven. Tú te pareces un poco a Gary Cooper de viejo, ya lo siento, hay cosas peores, supongo.

»Entonces, de hacer informes jurídicos y tal, Papá empieza a tener intimidad con Sáenz de Tablada, que era un tío de Falange, muy ideologizado. Se van juntos de caminata hasta una cervecería que está en el campo, viajan a los pueblos a ver a la gente que produce cereales, se van a Bilbao a ver a clientes... Entonces, Papá pasa a ser su abogado personal. Y Tablada, que al principio es como muy moral en todo lo que dice, enseguida empieza a tener delirios de grandeza y se pone en el cuajo de la corrupción de la dictadura. ¿Cómo lo digo? Cuando quieres contar en qué consistía la corrupción en España en los años cuarenta, este hombre es un modelo perfecto.

»Es bastante hijo de puta, por lo que sé. Me refiero a todos los tópicos tipo Beltenebros que se te ocurran, de cabarets en Madrid, amantes, penicilina, todo lo que se pudiera pensar para la caricatura de un político mafioso, él estaba en eso.

«El modelo, básicamente, consiste en esto: tú, agricultor cooptado con Tablada, tienes un cupo asignado de producción de tal cereal y tales toneladas que tienes que entregar al Gobierno Civil que, a su vez, envía al ministerio y que paga a un precio fijado, X pesetas. ¿Qué hace Tablada? El Gobierno Civil hincha ese cupo, dice que demanda doce toneladas, aunque el ministerio sólo le pida nueve. Con el 33 % sobrante, ¿qué hace? Lo redirige al mercado negro. Ahoga al mercado convencional, primero, lo deja sin oferta, y se asegura de controlar el mercado negro.

»Lo que pasa es que Tablada no es tonto y sabe que es mejor socializar ese negocio, compartir una parte del beneficio que recibe y crearse cómplices que estén contentos y que no vayan a ir en su contra.

»O sea, Tablada se dedica a participar a los productores de ese negocio en el mercado negro, los premia con precios mucho más altos que los que les paga el Estado y todos encantados. También es que son sus amigos, ten en cuenta, son su clase social y su mundo. Él había nacido en Madrid pero su familia era de Elciego.

»Entonces, Papá pasa de ser el abogado del Gobierno Civil a ser el lubricante que permite que ese negocio funcione. Es el que habla con los agricultores, con los señores que ponen las patatas y el trigo, con los propietarios de las fincas y el que pacta los sobreprecios y los sobrecupos, es el que resuelve los problemas cuando unos guardias civiles paran un camión, el que encuentra a los distribuidores en el mercado negro, el que lleva el dinero en maletas y lo reparte… Y todo eso, Opel para arriba, Opel para abajo. Hasta el punto de que compra una gasolinera en un pueblo, una gasolinera que tiene taller, para que su coche esté en mantenimiento permanente.

»Mamá y Papá se casan en 1939, un mes y medio después de acabada la guerra. O sea, Papá con veintiséis años y Mamá con veintidós. En Estíbaliz. Para él es ascenso social porque, en el fondo, él es hijo de un militar valenciano, pertenece a una gente que estaba de paso por ahí, que no consigue arraigar realmente hasta entonces. Mientras que Mamá sí que es hija de notario, piso en la calle Dato, todas esas cosas. Sí es verdad que en 1939 a él ya le va bien y que está el tío Íñigo, que ha hecho redes.

»Mamá había sido Miss Deportivo Alavés 1934. Hay fotografías suyas haciendo como de *flapper*, vestida de marinero. Aunque la que de verdad era guapa era su hermana Blanca.

»Tablada amplía su negocio, empieza con otras cosas más siniestras a partir de 1943. Comienza a organizar pequeños convoyes que cruzan la frontera. Convoyes digo, pero eran dos coches, el Opel y un Renault del Gobierno Civil, un coche oficial que se mueve con salvoconducto. Van hasta Irún y cruzan a Hendaya y ahí funcionan como un banco de inversión. Alguien les entrega una caja fuerte, la meten en el maletero, dan un recibo, y unos títulos de participaciones en una sociedad agrícola de Vitoria que han constituido para empezar a blanquear sus negocios, de cara al momento en el que se les acabe el mercado negro, que es una intuición que tiene Papá desde temprano. Todo perfectamente legal y confiable. Eso ocurre desde noviembre de 1942, cuando los franceses colaboracionistas empiezan a tener la preocupación de que pueden perder la guerra. En 1943, ese tráfico se vuelve mucho más intenso y a partir de 1944 es otra cosa, los franceses empiezan a enviar primero a las queridas, luego a las mujeres y los hijos y después son ellos mismos los que se hacen cruzar la frontera, al final ya en pleno pánico. Ten en cuenta que los aliados entran en el País Vasco Francés en verano de 1944.

»La sociedad esa que hacen Tablada y mi padre tiene una capacidad de capitalizarse tremenda a través de esa gente. Así que empiezan a invertir mucho. Y mi padre es el que tiene el ojo de hacer esas inversiones. Compra pisos en San Sebastián, compra acciones de siderúrgicas, se mete en una bodega en La Rioja, en una maderera… Todo impecable.

»Blanca era el gran quebradero de cabeza de la familia. En esa época, esos diagnósticos no existen, pero me parece que está muy claro que tiene trastorno bipolar o alguna variación, un trastorno de la personalidad múltiple o algo así. Antes de la guerra había tenido escándalos porque se decía que se iba a Biarritz y porque se pasaba fines de semana enteros en el casino y luego se medioprostituía para poder pagar las deudas… O ese era el rumor, yo lo tomaría con un poco de prudencia, pero sí es cierto que Mamá, muchos años después, sigue obsesionada con la manera que tiene Blanca de sacarle dinero a quien se le pone a tiro para poder pagar su modo de vida.

»Lo de traer gente en 1944 es un servicio aparte que estaba fuera de la sociedad y que hacen a título individual Tablada y mi padre, cobrando una comisión más alta y sin recibo. Hay un momento en el que mi padre dijo que quiere delegar, que hay que contratar a otros conductores que hagan el viaje, pero Tablada se niega. Es como una manera de marcarle el terreno y de decirle que manda él. Fue una humillación casi que duró hasta 1947, que ahí ya se acaba del todo el tráfico de colaboracionistas y de gente confusa.

»Desde otoño de 1943, Tablada ya tiene presiones de Madrid para que deje ese tráfico porque Franco ha empezado a ofrecer prendas al embajador de Gran Bretaña. Franco quiere tener un seguro con ellos y una de las cosas que le piden es que se acabe la manga ancha en la frontera con Francia. Lo del mercado negro les importa menos, pero lo de la frontera se pone más difícil y para Papá es un modo de vida agotador.

»Cuando acaba la guerra, el Gobierno quita a Tablada, se lo lleva a Madrid de procurador en Cortes. ¿Saben lo que ha montado con Papá? Supongo que sí.

»El triángulo queda de esta manera: Papá está de administrador de la empresa; Tablada, desde Madrid, se encarga de conseguir que nadie en la Administración se ponga en su contra, es el que sigue moviendo las influencias. Y el capital lo ponen una serie de franceses, belgas y algún croata que han sido rescatados y diseminados por la costa de Andalucía, y que llevan vidas lo más invisibles posibles. Algunos han liquidado su participación en la empresa, pero otros viven de los dividendos que les llevaba Papá en visitas periódicas.

»El tema del mercado negro empieza a ponerse difícil cuando Tablada se va a Tarragona. La gran tarea de Papá como abogado es regularizar ese negocio, crear una central de compras y de distribución con esos contactos y competir en un mercado regularizado.

»Uno de esos capitalistas europeos que la empresa trajo de Francia, uno de esos nazis, no nos vamos a engañar, no es tan discreto como los demás. Era un croata-francés que se llamaba Eterovic, pero que ha adoptado el nombre español de Eduardo. Ha pasado la guerra en París, se ha instalado en Deba, en una casa ante el mar, y, a diferencia de otros exiliados, se jacta de sus aventuras en la calle Lauriston. Hay libros escritos sobre la calle Lauriston, Fernando del Castillo ha tratado el tema… En la calle Lauriston se concentraba todo el hampa que había en París y que se puso al servicio de la

Gestapo durante la guerra, ya fuese para proveerlos de prostitutas o de antigüedades requisadas a los judíos o para hacer los servicios más brutales. Eran los que hacían las detenciones, los que daban las palizas, los que hacían los trabajos sucios... Y funcionaban como una central de compras, ese era el estatus legal, o sea, algo parecido a la forma que toma el negocio de distribuidor de Papá y Tablada, lo que me lleva a pensar que este Eterovic también les da ideas y que se mete en la gestión de la empresa.

»O sea que Eterovic es lo peor que hay y encima es zafio y se viste con corbatas de seda y tiene un uniforme blanco de la SS que se pone cuando se emborracha. Le gustaba pavonearse porque bebe y se pone imposible. Le encantan las joyas, lleva anillos y gesticula mucho, de modo que se pensaba que es homosexual, aunque eso a él le da igual.

»Se instala en Deba, pero hace negocios en Bilbao. Lo primero que hace es poner un prostíbulo en el Ensanche, al lado de la Plaza de Toros. Nada sórdido del tipo de La Palanca, sino una especie de club-cabaret con aspiraciones. Aprende español deprisa, se hace amigo de sus clientes, tiende su red de favores debidos y secretos, consigue protección. Se dice de Eterovic que ha traído láminas de plata en un cuaderno.

»Mamá nunca me habla de Papá, jamás. A Marina tampoco. Puede que a ti sí porque es contigo con quien se le cae la coraza esa tan tremenda que tiene toda su vida. Yo creo que el sentimiento más importante que le queda a Mamá en vida es el de humillación. Humillación por Papá, humillación por su hermana, humillación por tener que irse de Vitoria de un portazo.

»Papá conmigo es cariñoso. Me dice siempre que yo he sido el primero y el que le ha descubierto cómo se amplía el corazón de una persona ante un hijo. Cuando somos pequeños y llega a casa, siempre se siente cómodo conmigo. Le gustan los juegos que consistían en algo físico, en pegarnos de broma y en revolcarnos. Tú eres más delicado, lo dice él siempre, Juan es el muñequito de porcelana de la casa, Juan ha nacido para que lo admiren. Y supongo que él también tenía una vocación muy clara de ser admirado, de modo que se pone un poco nervioso en tu presencia.

»A partir de 1949, Papá empieza a viajar otra vez a Francia con cierta frecuencia con el Olympia marrón. Eterovic, don Eduardo, se ha convertido en su cliente principal. En principio, no puede haber dos personalidades más diferentes, el croata que es un lumpen con anillos y escandaloso en Bilbao, y Papá que es una especie de caballero impecable y discretísimo en una vida de provincias. A lo mejor por eso funcionan. Claro que Papá tiene lo de Pilar, que era una grieta en su fortaleza.

»Pilar es la mujer de uno de esos agricultores con los que hablaba Papá, un casi anciano con viñedos en Samaniego que vive postrado en una silla de ruedas y que se apellida López Aréchaga. Pilar es andaluza, ha aparecido por ahí de la nada, de un viaje a Madrid, antes de la guerra. Tiene treinta y ocho años cuando conoce a Papá, o sea cinco más que él. No he visto ninguna foto suya, no sé nada concreto de ella más que los apellidos, Gallego López. No sé nada, pero la tentación es pensar en ella con todas las imágenes que se te ocurran del cine de los años cuarenta.

»¿Cuánta gente sabe lo de Papá y Pilar? Supongo que la gente suficiente que tiene que saberlo. He sabido que se encontraban en San Sebastián en un hotel donde Papá era cliente habitual y donde no preguntaban. Ella decía que iba a comprar ropa y se citaban allí. Tengo facturas de aquellos viajes, te puedo decir los sitios en los que comían, los cafés a los que iban.

»Papá me dice un viernes que cancele lo que fuese a hacer al día siguiente y hasta el lunes, que me coja un día libre en colegio. Me habla así Papá, como si fuera su socio, y a mí me encanta esa invitación a la vida adulta. Es el tipo de bromas que hace él, que no son bromas exactamente, sino una especie de tono permanente de parodia de la vida. Pero sin ironía, con dulzura.

»Luego he llegado a alguna conclusión. Papá ha dejado de ver a la mujer del agricultor y no quiere que Mamá piense que viaja para volver a citarse con ella. Me lleva, en parte, para demostrar que no va a incumplir ninguna promesa. Bueno, luego piensas que el viaje es para lo que es, y parece todo como un humor negro tremendo. Pero Papá nunca hace bromas así.

»Claro, llevar a un niño también es la manera de tener otro aspecto al pasar la frontera.

»Salimos por la mañana hacia Bilbao. Es mayo pero hacía frío, como lo hacía siempre en Vitoria cuando somos niños.

Tenemos el sol de espaldas porque vamos en dirección noroeste. El aire tiene esa densidad del mundo antiguo, ese velo de vapor que hace que seamos conscientes del momento. Incluso un niño es consciente, aunque no sepa nada de pinturas ni de lo efímero que es el tiempo. Me siento delante. Papá siempre se deja hacer mimos por mí, deja que me acurruque en su costado y que le dé besos en la cara, aunque él siempre conserve un punto de contención. Sus cariños conmigo nunca son arrebatados. Siempre es más una pequeña sonrisa y un acogerme serenamente lo que hace que lo quiera tanto y, a la vez, con un punto de angustia, como de amante despechada.

»Comemos por el camino, en la taberna de un cliente de Papá en un pueblo que no sé identificar, pero que puede ser Murguía. El hombre se sienta a nuestra mesa, pero no se habla de negocios en ella, la visita es personal y cálida. El paisano canta con los otros hombres de la taberna en euskera. Yo pruebo el vino y lo encuentro repugnante pero fascinante, las dos cosas a la vez, y me entusiasma el momento de atención que recibo por ese rito. Y luego duermo en la segunda parte del viaje hasta Bilbao.

»Llegamos a Bilbao a las siete de la tarde. Claro, Bilbao me parece Nueva York con las grúas y el vapor y los barcos en la ría. Nos alojamos en el Hotel Torrontegui y tenemos tiempo de cruzar la ría y dar un paseo por la Gran Vía, que me pareció un paisaje de otro mundo. Entramos en una papelería y Papá me regala una pluma Parker. Y, cuando volvemos al hotel, Papá encargó para mí una cena sencilla, una tortilla francesa con dos rebanadas de pan, me lleva a la habitación y me pone a hacer los deberes del colegio con la pluma nueva, con las instrucciones de estudiar, cenar y dormirme. Él tiene que salir a cenar con unos señores. Cuando despierto a la mañana siguiente, él ya estaba aseado y vestido, con ese humor neutro suyo que me fascinaba.

»Cuando salimos a la mañana siguiente, Papá me anuncia que tres señoritas van a acompañarnos en el siguiente tramo del viaje. Usa la palabra "señoritas". Las conozco en el vestíbulo del hotel. Dos de ellas son chicas muy jóvenes, de diecisiete o dieciocho años. Hablan entre ellas en gallego y tienen un aspecto muy modesto que las igualaba a simple vista. Su personalidad, sin embargo, es diferente. Una de ellas me acoge como si fuera un cachorrito con el que jugar, así que se convierte en mi amiga inmediatamente. La otra, en cambio, se encierra en un silencio lleno de tensión. Al llegar a la frontera, la veo llorar.

»La tercera mujer es mayor. Era muy difícil para mí decir qué significa ese mayor, si tiene veinticinco años o treinta y dos, pero tiene otra forma de estar, más grave y más pesada. Lleva la cara maquillada y el pelo rizado al estilo de Rita Hayworth, aunque viste con la misma austeridad que las dos muchachas, que todo el mundo. Su voz es grave, no tiene ningún acento que yo pueda reconocer y tiende a hablar en tono confidencial con mi padre. Parece incómoda conmigo. Llevaba un reloj de hombre en la muñeca.

»Se llaman esas mujeres: Ana (la gallega bulliciosa), Isabel (su compañera seria) y Sofía (la mujer del reloj). Cada una lleva una maleta, las tres iguales, como si alguien se las hubiera dado. Unos cordones anudados de colores sirven para identificar cuál era la de cada mujer. Un cordón era verde, el otro blanco y el tercero rojo.

»Antes de comer llegamos a Irún, pero no cruzamos la frontera sino que nos desviamos hasta Bera. Comemos en silencio en un caserío apartado de la carretera. En la penúltima curva antes de la frontera, Papá para el coche y me manda un recado. Debo recorrer 200 metros y fijarme en el aspecto del guardia civil de la frontera. Si es un hombre mayor, de bigote canoso, debo acercarme a él y preguntarle a qué hora cerraba el paso. Así hago. El hombre del bigote canoso está allí y yo le pregunto, y él me dice que la frontera estará abierta dos horas más con un tono casi paternal. Vuelvo hasta el coche. Papá se pone en marcha y cruzamos los dos puestos fronterizos después de que el mismo guardia civil y una pareja de gendarmes muy jóvenes que apenas llenan el uniforme revisaran nuestros documentos testimonialmente.

»Entrar en Francia me lleva a la euforia. He escuchado a Papá dirigirse a los gendarmes en francés, y me siento tan orgulloso de él, tan privilegiado por estar en ese viaje que me estalla la infancia en el pecho.

»Llegamos hasta San Juan de Luz. Muchos años después, cuando tengo mi primera crisis maniaca, reconozco mi estado de ánimo como el mismo de ese trayecto del viaje.

»Papá y Sofía, la mujer del reloj, miran la hora. Se dicen algo. El coche queda aparcado en una pequeña atalaya con vistas al océano. Bajamos a la arena. Ana, Isabel y yo nos descalzamos. Yo me arremango las perneras de los pantalones y, durante algunos minutos, juego con Ana, correteo y dejo que el mar empape mis pies por primera vez. Nunca llegaré a nadar bien. Isabel caminó absorta en su mundo. Le pregunto a Ana por qué su amiga está tan seria. "Será que piensa en su hijo", me dice. "Bueno, será no, seguro". No hay nadie en la playa. El mar está frío, pero esa sensación del agua que acuchilla la conozco ya de los ríos en los que me he bañado. Lo que se me queda grabado es el empuje de las olas y la textura del aire, el salitre.

»Papá y Sofía se quedan en el coche. Después de veinte minutos, Sofía sale y nos hace volver.

»El sol es espléndido en ese momento de la tarde. Yo siempre pensaré desde ese día que cruzar esa frontera desde España hacia Francia es como viajar paradójicamente del norte al sur, de lo pesado y claustrofóbico a lo ligero. Cuando estamos de nuevo en el coche, Papá nos conduce hasta una gasolinera que tiene un galpón detrás. Una mujer mayor se dirige a mí. El aire parece diferente en su textura, de repente, con olor a brasas y humo. Me pregunta la mujer si sé hablar francés. Muy poco. Papá me dice que me quede con ella. La mujer me lleva hasta la casa vecina, una vivienda con las carpinterías de madera resaltadas por la pintura negra y con tejado a dos aguas. Me hace pasar a una sala cuadrada con el suelo de piedra y con una chimenea apagada. Un banco de madera ocupa dos lados de la habitación. Hay una mesa camilla cubierta con un mantel grueso y verde casi marrón. La mujer me invita a que me siente ante la mesa y me trae pan con mantequilla y una taza de chocolate. Hay un periódico deportivo en francés sobre la mesa. Lo ojeo con fascinación, pero sin poder entender más que algunas palabras sueltas. Carreras ciclistas, combates de boxeo, caballos en el hipódromo, un partido de *rugby*. Hay algunos cuerpos que se mueven en la ventana, pero no quiero mirar.

»Papá tarda cuarenta minutos en volver. Venía solo, lleva una maleta pequeña, o más bien una cartera grande. Le dice algo a la mujer mayor y me lleva al coche. Deja la cartera en un compartimento oculto del portabultos y en ese momento veo que las maletas iguales de Sofía y sus compañeras de viaje han sido retiradas. Me dice: "Vámonos. A casa. ¿Has estado bien?".

»Volvemos por Bera. Nadie nos detiene en ninguno de los dos puestos de la frontera. Cuando ya estamos en España, empiezo a llorar. "¿Qué te pasa, hijo?". "Creo que he perdido la pluma Parker".

»Llegamos a casa en la madrugada del domingo. Yo llego dormido y Papá se ocupa de llevarme hasta la cama y de arroparme. A la mañana siguiente, me dejan dormir hasta tarde, me liberan de la misa de las once en San Prudencio. Cuando despierto, Papá ha vuelto a marcharse en el Opel. Me ha dejado la pluma a la vista. Se había perdido en el suelo del Opel.

»Tardamos tres días en saber de él. Un día, el tío Íñigo viene a casa, se encierra en el despacho con Mamá y le da la noticia. Papá había aparecido muerto en un compartimento de un tren que viajaba desde Madrid hasta Barcelona y que iba a hacer parada en Tarragona. Después, nos llevan a ti y a mí a su coche».

*　　*　　*

»Hubo varias teorías sobre Papá y, al cabo de los años, Íñigo me las contó un día en el que había bebido con desesperación, como hizo en una época de su vida. Una de ellas decía que Papá y Tablada habían desviado dinero de la central de compras y que sus socios franceses y croatas habían asesinado a Papá para que Tablada, al que consideraban el verdadero hombre con poder, se asustara y les devolviera el dinero perdido. Otra teoría decía que el marido de Pilar, el hombre de la silla de ruedas, había encargado el asesinato. La tercera hipótesis decía que Papá había decidido independizarse de Tablada, que le había amenazado con montar un escándalo en los periódicos y que fue hecho callar.

»Durante algunos años, busqué la pista de aquellas mujeres a las que dejamos en San Juan de Luz. Con el dinero de mis primeros libros, contraté a un detective en Bayona que identificó los lugares en los que emplearon a mujeres españolas como prostitutas. Habían pasado dieciocho años, pero la descripción de aquella Sofía y su nombre no eran tan frecuentes. Alguien la recordaba en un piso. Fue posible, incluso, encontrar sus apellidos, que no eran ni frecuentes ni infrecuentes: Mayo Sancho. Logré entonces dar con su viaje.

De San Juan de Luz pasó a Burdeos, de Burdeos a Pau y de Pau, a Londres, con una oferta de trabajo para emplearse en un hotel.

»Mis años en Londres consistieron en una búsqueda obsesiva de esa Sofía Mayo Sancho.

»En esa época tomaba centraminas y tenía un aspecto extravagante. Mi inglés todavía no era bueno, nunca llegó a serlo, y creo que cometí algunas imprudencias en mi búsqueda, que me hice notar y sé que Sofía supo que alguien la buscaba. Es improbable que pudiera imaginar que era yo, lo más seguro es que pensase en alguien con peores intenciones, o eso es lo que me temo. De modo que estuve cerca de ella, pero consiguió eludirme tres veces, y su jefe en el hotel de Islington en el que sabía que trabajaba llamó a la policía cuando pregunté por ella por tercera vez. Se me escapó cuando la había encontrado porque era un investigador torpe y nervioso y porque, en el fondo, no sabía qué quería de ella.

»Una vez me encontré con ella en la calle. Llevaba una gabardina casi amarilla. Tenía en esa época cuarenta y seis años, lo sabía porque había visto documentos suyos. Su aspecto era elegante y atractivo. Era evidente que no era inglesa. Tuve la certeza de que era ella por su manera de caminar.

»Otro día la volví a ver en el mismo rincón del norte de Londres, con la misma gabardina casi amarilla y con un pañuelo en el pelo. Le dije: "Perdone, ¿es usted española? Estoy buscando algún lugar en el que alojarme". Sofía me miró con serenidad. Tardó un segundo en sonreír pero cuando lo hizo, lo hizo con franqueza. "Creo que sé quién eres", me dijo.

»Me despertaba a las cinco de la mañana y escribía durante cuatro horas sin detenerme, con violencia. Los vecinos de la pensión se volvían locos porque decían que tecleaba como si boxeara contra la máquina de escribir. Había visto un documental sobre Jackson Pollock y así me veía yo, peleado contra el lienzo, en un estado de lucidez absoluta.

»Después descansaba, caía sobre la cama físicamente agotado. Despertaba antes de la una y empezaba un peregrinar neurótico en busca de centraminas, de *detached house* en *detached house*, en busca de proveedores odiosos que me hacían pasar por las puertas traseras de sus jardines y que me atendían en mohosas casitas del fondo. En el fondo, aquella peregrinación me entusiasmaba. Hacía que me sintiera el protagonista de una novela de aventuras. Cuando más difícil era conseguir mi dosis, más embriagadora me parecía la vida. Cuando conseguía las pastillas, conseguía tener paz. No necesitaba consumir inmediatamente. Comía cualquier cosa en algún puesto y me encaminaba hacia el norte.

»Sofía terminaba su jornada a las 15:00. Yo la recogía en la salida de la estación de Angel. Si llovía, nos refugiábamos en la cafetería vecina de unos italianos. Si no, deambulábamos durante horas. En esos paseos me contó lo que no sabía de mi padre y la manera en la que la noticia de su desaparición llegó hasta sus oídos.

»Hubo un momento en el que Sofía quiso contarme también de su vida; de los años en Francia, en la prostitución, de su viaje a Inglaterra, supuestamente redentor, y de las veces en las que retomó el camino fácil de los burdeles, quizá para arreglar algún gasto inesperado, quizá para rebelarse contra una existencia que se le hacía monótona e insípida.

»Por la noche, volvía a mi lugar. Me hacía con una botella de vino argelino, lo mezclaba con las centraminas y esperaba apenas tres minutos al efecto. Entonces, volvía a escribir, pero ya no con violencia física ni con claridad mental, como por las mañanas, sino con delicadeza, como si tocara un violín, en un estado de alucinamiento en el que tomaba las frases de Sofía y las mezclaba, las descomponía, las rompía y las volvía a armar durante tres o cuatro horas más. Tenía un libro sobre arte cubista y me dormía mirándolo.

»Sofía me avisaba: no te descuides en el aseo. ¿Estás comiendo bien? ¿Ves a alguien? ¿Hablas con alguien? ¿Quieres que busque un médico para ti? ¿Mejoras con el idioma?

»Un vecino noruego era especialmente agresivo conmigo, estaba furioso porque lo despertaba a golpe de máquina de escribir. Una noche, colocado, lo vi en la puerta de la pensión y me encaré con él. ¿Nos pegamos? La escena ocurrió demasiado deprisa, no sé decirlo con precisión. Al día siguiente, cuando volví de mi paseo con Sofía, mis folios mecanografiados habían desaparecido y tuve un ataque de angustia. Pasé las siguientes 50 horas escribiendo entre lágrimas, al borde del brote psicótico. Y entonces decidí volver a España.

»Le dije a Sofía que me acompañase, que me sentía demasiado frágil para hacer ese viaje. Le dije que mi economía era mucho mejor de lo que podría pensar al ver mi aspecto de *clochard*. Me pidió un día para pensarlo. Pensé que me iba a dar plantón, pero al día siguiente fui a su encuentro y ella apareció. Y me dijo que se quedaba en Londres. Viajé entonces a España solo, como el que va a morir a casa.

21

Todavía somos nosotros los que narramos, aquel nosotros juguetón y autoparódico, sólo que las páginas nos han desprendido de la ironía y hemos tomado el camino de la confesión. Angie y Jaime también son parte de este nosotros. Se fueron pero volvieron.

(Jaime) Entré en Hispánicas ese septiembre y encontré, obviamente, mi lugar. Me apunté a un grupo de teatro (Buero, Sastre, esas cosas hicimos), escribí en un fanzine universitario (algo sobre tenis, copiado de Foster Wallace y dirigido a crearme cierta imagen como de ser un Finzi Contini latinoamericano) e hice los amigos que necesitaba para sentirme, por fin, español.

(Angie) Esa noche, el paseo con Javier Arregui me dejó inquieta. Me pareció que Javier estaba en un sitio muy oscuro, que no sabía expresar. Me llevó a un bar de barrio y pidió una cerveza, la tomó con una ansiedad que me puso incómoda. Él

se dio cuenta, hizo ver que era una broma y como yo no llegaba a relajarme, él se puso nervioso, un poco reprochante y enseguida nos separamos frustrados los dos.

Al cabo de tres años, apenas me quedaba acento peruano. Conservé mi aspecto, teatralmente anacrónico, durante los primeros dos cursos, aunque pronto empecé a relajar el rigor y llegó un momento en el que ni siquiera recordaba por qué me presentaba a clase con chaquetas de *tweed* y camisas Oxford. Así que lo dejé. Acabé la carrera llevando los mismos tejanos y las mismas camisetas negras que mis compañeros y hablando con su mismo tono distendido, libre de las cortesías limeñas que había cultivado y exagerado al llegar a España.

Hablé con mamá al día siguiente después de tres días de intentos erráticos. Se plantó en casa a las nueve de la mañana, cuando yo aún estaba sin ducharme ni vestirme, sin nada muy claro en la cabeza con lo que llenar el día. Papá estaba conchabado con ella. Le abrió la puerta y luego subió a la parte de arriba, nos dijo que estaba allí si le necesitábamos. Le dio dos besos a mamá. Qué triste estaba el pobre.

María Siemens fue mi profesora en tercer curso y en cuarto, aunque menos intensamente, en una optativa. Era natural que se fijara en mí; nuestra facultad era pequeña, existía cierta intimidad entre profesores y alumnos y yo tendía a hacerme notar en clase y, aunque esté mal decirlo, también en los exámenes y en el rendimiento académico. Y como era un buen alumno, María me invitó a ser becario en un seminario que organizaba su departamento, un trabajo que consistía poco más que en recoger a los investigadores invitados del aeropuerto y llevarlos al hotel, a la facultad, al restaurante, y volver a empezar al día siguiente. Cuando acabó aquello, hubo una pequeña fiesta a la que fuimos invitados los becarios y me animé a hablarle a María.

Mamá me llevó al Vips de Velázquez. En el coche no hablamos. En la cafetería, mamá pidió como si encargara un banquete, dulce y salado. Empezó ella por explicarse, pero yo le dije que creía que entendía todo y que lo que no entendía lo intuía. «¿Entiendes que amo a papá?». Sí lo entendía. «¿Y tú?». Supongo que le expresé, de alguna manera, el hartazgo de ser yo misma, la fatiga que me causaba la imagen que tenía tanta gente a mi alrededor, aunque quizá en esos últimos días hubiese descubierto que las cosas no eran tan rígidas como pensaba.

—Yo soy amigo de Angie, o lo he sido. ¿Cómo está Angie? Al principio nos escribimos, pero luego perdimos un poco el contacto y hace algún tiempo que no sé de ella.

—¿Eres amigo de Angie? ¿Y por eso me mirabas así en clase siempre, como tortuguita que sale del huevo? Yo pensaba que eras el alumno que se enamoraba de la profesora mexicana de todos los años.

—No me digas esas cosas, María, que no sé qué puedo decir.

—Perdona, perdona, a veces mido mal las bromas que hago.

—¿Cómo está Angie?

—Angie está bien. Sabes que empezó a trabajar con mis hermanas cuando llegó y que entró en Económicas al año siguiente, ¿verdad? Y está contenta en el DF, como si se hubiera liberado de algún peso. Va con tacones y americanas, es una *office girl* con veintiún años, se dejó crecer melena y le interesan las cosas de la gestión y la empresa. Está como hiperresponsabilizada. Eso no lo vi venir, la verdad, pero si le sirve para estar bien, está bueno.

Mamá me dio la idea de tomarme un año sabático, como hacen los ingleses. El hijo de unos amigos de papá había hecho eso, se había marchado a Inglaterra a trabajar y había aplazado el ingreso en la universidad. Ella me dio la idea del año sabático y yo tuve la idea de irme a México, porque supongo que ella estaba pensando en Alemania o en Inglaterra. Se quedó un poco sorprendida, pero enseguida vio que las piezas encajaban, que era coherente con el rumbo que habían tomado las cosas. Quedamos en que le preguntaría a papá su opinión y en que me volvería a examinar en septiembre para tener mejor nota para el curso siguiente.

—¿Viene a veros? El primer verano… Sé que vino a Madrid, pero coincidió con que yo estaba fuera y no pude verla.

—Viene a Madrid, sí, este año dos veces ha venido, pero como yo voy a verla a México, acepto estar un poco en segundo plano en esos días, le dejo que esté con su padre. Y yo creo que cuando está con su padre vive un poco encerrada en Torres Blancas. Comemos un par de veces, me la llevo de compras, yo le intento enseñar mi piso y cómo vivo y ya está. Tampoco tiene mucho interés. Creo que no ve a nadie más que a sus tíos y que da paseos de noche solitarios por el centro. Lo mismo te la encuentras alguna noche por allí.

—Si un día quiere salir y dar una vuelta, dile que yo estaré encantado.

Mamá me advirtió de una cosa: que no huyera de las cosas, que entendía eso del cansancio de mí misma, pero que no pensara que la vida empezaba de nuevo, y que ella había hecho lo mismo cuando viajó a España. No sé si la entendí. Supongo que sí, tampoco era tan tonta, pero no tomé mucha nota porque cuando llegué a México hice exactamente eso, ser lo contrario de lo que había sido antes.

Al año siguiente, estuve becado en Bari. Perdí de vista a María durante algunos meses y cuando volví a Madrid y empecé a trabajarme mi camino como doctorando, tuve pudor de insistir en nuestro vínculo, aunque siempre nos saludábamos.

La Selectividad de septiembre me salió mucho mejor. Ese verano me quedé sola en Madrid y logré concentrarme bien y estar de buen ánimo. A veces salía a dar un paseo con Jaime, pero Jaime estaba con otras cosas en la cabeza. Él decía que no, pero yo sé que estaba obsesionado con Anne Therese.

Seguí viendo a Anne Therese durante casi un año, hasta mayo de mi primero de carrera. Hicimos el amor una vez más, en su casa de la calle Cartagena, en un ambiente de *squatters* berlineses en el que me sentí un poco intimidado. Tampoco importó tanto el lugar, no voy a engañaros. Después, Anne Therese me hizo ver que quería pasar algún tiempo sin acostarse con nadie, me dijo que yo no podría entenderlo, pero que a veces el sexo podía agotar la mente y me dijo que yo era un chico muy mono, esa fue la palabra que usó, como engolosinada de usar esa forma tan española, pero que intentara entender que las cosas se complican a veces y que ella quería seguir siendo mi amiga. Yo lo tomé como un abandono, pero le llamé algunos días después y me dijo que llevaba algunos días con el ánimo muy bajo. Me lo dijo con ese hablar en español impreciso que tenía y que hacía que algunas frases suyas sonaran muy plásticas, como pintadas: «Estoy desde el sábado como una nube gris en forma de un humano», cosas así, decía Anne Therese. Lo sé porque esa frase la apunté en un cuaderno. Y yo le dije que la recogía en cuarenta minutos, que diésemos un paseo, que no se quedase en casa. Y entonces me convertí en su buen amigo Jaime y yo lo acepté así, aunque una parte de mí no hubiera renunciado del todo a acostarme otra vez con ella.

Vi a Javier otra vez justo antes de irme a México. Quiso que viéramos Los niños de la estación del Zoo. *Me pareció una película tremenda, pero no supe qué quería decirme Javi con aquella selección. Después subimos a la piscina, que ya estaba vacía, y él estuvo fumando y yo me acordé del día que estuve con Jaime al principio del verano haciendo fotos. Y entonces me habló de Victoria, de cómo la había conocido y de que se habían acostado tres veces y que ninguna vez había salido del todo bien o, por lo menos, como él pensaba que era hacerlo bien, y que entonces le puso distancia y que sabe que lo de Victoria no fue un suicidio, pero que se le quedó como un hielo por dentro. Yo había pensado esa tarde en acostarme con Javier porque no quería irme a México siendo virgen. Ya sé que no era una idea muy prudente, pero lo agarré, lo besé y lo bajé a su casa y la cosa salió más o menos bien. Para los dos, creo.*

Al cabo de un par de meses, intuí que Anne Therese estaba, no sé cómo decirlo, que vivía en las afueras de la prostitución. Yo era casi un niño, fingía venir de un mundo duro como el de Lima en los años noventa, pero la realidad era que cosas así me asustaban bastante. No era que juzgase moralmente aquel modo de vida suyo, era que no me atraía lo sórdido, nunca lo ha hecho. Al final de ese curso empecé a salir con una compañera de clase, una sevillana llamada Carmen que jamás habría entendido la naturaleza de una amistad así con una persona como Anne Therese, con una… ¿cuál era su función? ¿*Escort*, bailarina de *striptease*? Así que la abandoné como amigo, esquivé sus llamadas e intenté no pensar en ella. No me siento muy orgulloso de aquello, pero ¿qué iba a hacer? Cuando aparecieron las redes sociales, llegué a ubicarla en Luanda, quién sabe cómo había llegado hasta allí. Pero, una vez más, me dio vergüenza abordarla, preguntarle cómo estaba.

En México, me quedé a vivir con mi abuela y me empleé en una agencia de banca privada y bolsa en la que trabajaba el hermano de mi tía Rosario. Empecé como una especie de ayudante de las secretarias, pero salí adelante enseguida porque tenía la imagen y el sonido que volvía locos a los mexicanos. Me llevaban a las reuniones de los clientes y me daban acceso a los despachos de los jefes. Y yo era disciplinada y prudente. Sé que hubo rumores en mi contra, pero yo siempre tuve control sobre las cosas.

Y después acabé el doctorado con una tesis sobre la pobreza de los escritores españoles en el exilio después de 1939 y me fui a Glasgow con un puesto de lector y entonces, por un tiempo, pareció que aquello había sido una escala más, Lima, Madrid, Escocia, un lugar en medio de una sucesión. Escribí algo sobre Luis Cernuda en Glasgow, un estudio sobre la gente con la que se relacionó en su exilio, y eso me dio algún prestigio en mi pequeño mundo. Después, pasé tres años de vuelta en Lima y cinco años más en una universidad de pueblo en el estado de Washington, en un lugar que era como Oxford, con bosques y arquitectura neogótica, pero en el que las clases eran deprimentes y la investigación, poca cosa. Me casé con una profesora guatemalteca porque algo había que hacer en aquel lugar.

Me encantó poder ser otra persona en México al principio. Me dejé crecer el pelo y me empecé a vestir con conjuntos de traje y blusa. Cuando salía de noche, iba como una diosa, que decían allí. Me llevaba bien con mi abuela y mi madre se sentía muy agradecida cuando venía a vernos. Me adoptaron los empleados jóvenes de la agencia, los brokers *de veintisiete, veintiocho años. Me llevaba muy bien con los hombres, porque a las mujeres les caía peor. Como conjunto eran jactanciosos y un poco estúpidos, pero algunos de ellos merecían la pena si los sacábamos de su tribu. Uno de ellos me guio para que entrara en Económicas en una universidad privada. La relación que tuve con la universidad fue completamente pragmática. Necesitaba un título para seguir con mi camino y aquella gente me lo podía dar.*

Mis padres y mis hermanos seguían en Madrid. Iba una o dos veces al año, a menudo veía a Javier Arregui, que no había llegado a ser mi amigo en el colegio, pero que había mantenido el contacto durante los años de la carrera.

Escribía a Javier y escribía a Jaime, les escribía cartas que para mí eran muy importantes porque eran una especie de cordón umbilical que me comunicaba con la persona que había sido. La música que escuchaba también venía de mi vida anterior. Mis nuevos amigos mexicanos descubrían la música que sonaba en casa y se sentían desconcertados.

A partir del segundo año en el estado de Washington, empecé a echar de menos Madrid. La universidad de pueblo se me hacía deprimente, mi matrimonio con la profesora guatemalteca se deslizaba hasta el tedio y mi vida académica estaba estancada. En uno de aquellos viajes, ya divorciado, contacté con mi director de tesis y también con María Siemens y les pedí que me recibieran en sus despachos. Quería sondearles, saber qué posibilidades tenía de encontrar trabajo en la universidad y de volver a casa. Mi director de tesis me puso en la pista de una universidad privada estadounidense que iba a abrir algo, un centro en el que acoger a sus alumnos en una especie de Erasmus para gringos. En cuanto me puse en contacto con ellos, estuvo claro que yo era la persona perfecta para el tipo de negocio que tenían. Me contrataron para dar clases de asuntos tan vagos como Introducción a la Cultura Europea. Me daba un poco de vergüenza contar por ahí aquello, pero pagaban bien.

Cuando acabé la carrera tenía veinticinco años y llevaba seis años trabajando. Ya no vivía con mi abuela, sino en un piso que compartía con unas compañeras de trabajo y que era moderno pero impersonal. Tuve una pareja, luego otra, una más, tuve un amigo con el que tuve una relación confusa que se alargó durante muchos años. Perdí a algunas amigas porque me volví colérica e impredecible y las sustituí por otras amigas, cada vez de menos calidad. La amistad tendía a convertirse en una parodia de la amistad.

Conseguí estar de vuelta en Madrid cuando cumplí cuarenta, sin hijos y sin un patrimonio relevante, pero sin deudas. Milagrosamente, mi amistad con Javier había sobrevivido. Calculaba que nos habíamos visto treinta y cinco veces en los quince años que había pasado fuera de Madrid, incluida una visita suya a Glasgow. Había conocido a su exmujer y a sus hijos y él había conocido a la mía. Quedábamos, comíamos, hacíamos largas sobremesas. No nos emborrachábamos ni íbamos al cine ni teníamos citas con otros amigos, ni mucho menos con mujeres. Lo había visto envejecer prematuramente y me había dado cuenta de que su economía era holgada, aunque nunca llegara a entender en qué consistía su trabajo. Supongo que se limitaba a hacer rendir la riqueza que había heredado. Era cariñoso e inocente, pero había siempre una especie de pequeño velo que lo separaba de la realidad. Me informó de la muerte de sus padres, a los que yo apenas conocí y de los que nunca hablábamos más que por alusiones indirectas. Se tomó entonces medio año de excedencia, se fue a vivir a La Gomera, a no hacer nada. Cuando llegué a Madrid, me alojó en el inmenso piso de Torres Blancas que él jamás conseguiría llenar.

En realidad, yo sabía que nunca acababa de encajar con nadie de verdad. Tenía cien amigos que era como no tener ninguno. Pasé por una época en la que me acostaba con gente, tenía dos y tres amantes a la vez a los que alternaba y esa adrenalina me consolaba de la extrañeza ante el mundo. Pero también me causaba agotamiento y el horizonte de rechazar y ser rechazada me entristecía y, a veces, me daba un poco de miedo físico. Empecé a decir que lo que esperaba era a un novio español para sentirme con él un poco de vuelta en casa.

El trabajo en la universidad estadounidense era tan escandalosamente fácil, tan poco exigente, que empecé a sentir un poco de apuro. Así que empecé a pensar en escribir algo. Probé con una novela y con algún texto de tipo testimonial, pero no me gustó nada. Mi exmujer guatemalteca vino a verme y se quedó con nosotros en Torres Blancas y me propuso que volviera a vivir con ella a Estados Unidos. Estuve a punto de decirle que sí. No habíamos hecho una mala sociedad, pero lo nuestro había sido un acuerdo de mínimos. Javier lo vio claro y me aconsejó que no fuera conformista.

Cuando acabé la carrera me fui a una compañía que hacía viviendas para ricos en México DF. Departamentos, no villas, de modo que lo de tener una empleada europea y rubia les venía muy bien para vender un estilo de vida al estilo del Viejo Mundo. Me becaron entonces para hacer un máster en Madrid, de modo que pasé un curso de vuelta en casa. Viví con mi madre porque mi padre se había ido a vivir con sus hermanos y me sentía más invitada incómoda entre ellos. No le dije nada a Javier ni a nadie de la época vieja de que iba a pasar un curso completo en Madrid. Cada vez que iba a Torres Blancas, rezaba para no encontrarme con nadie conocido. De hecho, hice amigos nuevos, como si de verdad fuera una mexicana de paso en España. Y después me fui de vuelta con la idea obsesiva de hacerme rica en México.

Javier me dijo que sabía que Angie había estado un año en Madrid, que la había visto varias veces. Lo contaba con lo que se suponía que era indiferencia.

Se me hizo muy difícil volver a México. Tenía cuarenta años y me daba cuenta de que mi mundo estaba roto entre las horas de trabajo, en las que me comportaba como una imitación de la imagen de la profesional obsesionada por el éxito, y mi vida personal, en la que parecía interpretar a una eterna adolescente hedonista y disfuncional. Las dos vidas me parecían roles carentes de peso y de verdad.

De pronto, llevaba siete meses en el piso de Javier. Convivíamos pacíficamente: yo le pagaba una renta testimonial y le ayudaba a mantener el piso de sus padres vivo. Él me introdujo en su extraño mundo social, una pequeña constelación de gente del barrio: bohemios de radio corto que jamás cruzaban la frontera de la calle Príncipe de Vergara, mujeres sin hijos, con o sin pareja, a las que había conocido a base de coincidir en dos o tres pubs del barrio de Prosperidad, veinteañeros sabihondos que hablaban de cine antiguo como si fueran enciclopedias, aficionados a los toros, francesas prejubiladas, profesores de tenis con fama de conquistadores, liberados sindicales, etcétera.

Mi tía Marina tuvo su primer diagnóstico de cáncer cuando yo tenía treinta años y se murió cuando tenía cuarenta y ella acababa de cumplir sesenta y seis. En ese periodo, tuvo tres operaciones, creo que tres, pero no soy muy capaz de recordar con precisión, puede que fueran cuatro. Y cada vez salió bien, o eso se suponía, pero un poco más desgastada y empequeñecida y con el carácter más crispado. El último diagnóstico fue en septiembre y enseguida supimos que esa nueva crisis iba a ser la definitiva. Abandonó su humor negro primero y se ensimismó en su fragilidad física, en lo agotada que estaba siempre. Empezó a llenar el piso que compartía con sus hermanos de notitas en las que escribía su nombre. Fue cariñosa y mansa, por primera vez en su vida. En Navidad, fui a visitar a los Llovet y me quedé en su piso varias noches, por primera vez en muchos años. El día en el que me despedí de ella vimos una película de la II Guerra Mundial, Los cañones de Navarone, y se acurrucó en mi costado como si fuera una niña. Luego me fui, hablé con ella dos veces y después me llamó mi padre y me dijo que se había despertado un día con una respiración muy rara y sin ser capaz de hablar y que se la llevaban al hospital. Y se murió en dos días, pero no sé contaros exactamente cómo porque yo estaba en México.

En la corte de famosos de barrio de Javier, tenía un papel destacado Ignacio, antiguo compañero nuestro del colegio, pareja durante casi treinta años y padre de tres hijos de nuestra querida profesora Mame, juez en la Audiencia Provincial y guitarrista en varios grupos de amigos cuarentones y cincuentones dedicados a tocar repertorios clásicos como diversión de fin de semana. A Javier esos juegos de estilo rockero le sabían a poco, así que, hacia el año 2012, armado de tecnología que le permitía ser relativamente autosuficiente, empezó a publicar canciones en las plataformas de *streaming*, piezas instrumentales que se construían por capas de melodías superpuestas. No os diré que fuese una música fácil de disfrutar para alguien como yo. Demasiado serio, en mi opinión, demasiado intelectual, pero, cuando nos encontrábamos en el barrio, me gustaba escuchar al señor juez hablar de sus canciones.

Papá se quedó extrañamente sereno después de la muerte de su hermana, como si hubiese cumplido con el deber de reconciliarse con su familia a tiempo y en contra de lo que todos a su alrededor esperábamos. Quedaba a su lado Carmelo, como suspendido en el tiempo, anciano y niño a la vez, el pelo teñido, y Juan asumió el papel de hermano mayor y padre. Sus días de jubilado se enfocaron en cuidar de su antiguo enemigo: llevarlo al dentista, comprarle ropa, tener la nevera llena con sus caprichos y buscar películas que pudieran gustarle. Reconstruyó algunas amistades. Elena, la amiga que marchó a México y que alguna vez había sido una especie de hermana mayor y amor platónico, volvió a frecuentar a papá, aunque no me atrevo a decir que tuvieran una relación de novios o más menos novios.

Un día, Mame e Ignacio estuvieron hablando con Juan y Carmelo en un bar de Clara del Rey en el que habían coincidido a la hora del aperitivo. Mame encendió la atención de Carmelo por el viejo método de la adulación. Ella había leído sus novelas, incluso aquellas que nadie había leído, y las había apreciado, cuanto más cubistas y enrevesadas mejor. Juan, encantado con el efecto que aquella mujer elegante y atractiva había causado en su hermano, prometió invitarlos a una cena en su casa. Al final, Javier y yo acabamos por apare-

263

cer por ahí también como antiguos comunes amigos de la familia Llovet y de Ignacio y de Mame.

La idea de volver a Madrid me la dio uno de esos días en los que las cuarentonas en plenitud profesional soñamos con una jubilación anticipadísima. Calculé cuáles eran mis opciones y descubrí que, si volviese a España y rentabilizara el piso de mi infancia, mal cuidado y sólo a veces alquilado, las cuentas podrían cuadrarme. ¿Qué me ataba a México? Nada tan importante. Llamé a mamá esa misma noche y me dijo que me apoyaría y que sería feliz por volver a tenerme cerca, pero que no viniese a España para negar mi vida anterior.

Juan había escuchado las canciones de Ignacio, se había tomado la molestia de buscar su música y de buscarle relaciones en Fluxus y la música experimental de los años sesenta. Ignacio le dijo que querría que, en adelante, su música fuera menos abstracta, que las canciones pareciesen canciones. Mientras, Mame, Carmelo y yo hablábamos de los textos más crípticos de Carmelo y a Javier se le ocurrió encajar las dos piezas. ¿Le cedería Carmelo algunas de aquellas miniaturas como letras de nuevas canciones para Ignacio? La idea era irresistible, pero requería algún trabajo para convertir en versos la prosa de Carmelo. Mame tomó la palabra: «Os recuerdo que tenemos un poeta en esta mesa».

Volví a España para preguntar a papá cómo le sonaba la idea de que volviera. Estaba encantado, claro, pero me dijo:

«No *vuelvas para empezar de cero*». *Estuvimos haciendo cálculos: su jubilación, sus ahorros, mis ahorros, mis posibilidades de encontrar un trabajo a media jornada, el piso en alquiler... Visitamos el piso de mi infancia, que en ese momento no tenía inquilino. Calculamos la inversión necesaria y llamamos a mamá para que se uniera a nosotros y nos diera una opinión más. Era la segunda vez que volvíamos a estar juntos desde 1995. La primera vez fue en la muerte de Marina.*

Del grupo que hicimos Carmelo, Ignacio, Mame, Javier y yo, salió un premio inesperado: tuve acceso a la familia Llovet para escribir la biografía de Carmelo.

El día que volví a Madrid con la primera parte de mi vida metida en tres maletas me encontré con un plan inesperado: un concierto en un pequeño local al otro lado de la avenida de América en el que Ignacio tocaba la guitarra, Javier lo acompañaba con un teclado y mi tío Carmelo recitaba letras, sus letras adaptadas por papá, en una especie de spoken word. *Como en las obras de teatro malas, todos los personajes terminábamos juntos en la última escena. Mamá, papá, mis tíos, Jaime.*

Epílogo
2025

Otra vez el *traveling*: ruedan un videoclip en la piscina, las bailarinas van vestidas como si viniesen del carnaval de Río; alguien supervisa las obras para convertir el antiguo restaurante en ocho nuevos apartamentos. Carmelo vuelve a casa después de un ingreso en el hospital por culpa de una infección en los riñones. Lo acompaña Juan. Una nueva generación de niños vuelve del colegio aunque, para ellos, el paseo ya no es hostil porque su barrio tiende a aburguesarse. ¿Qué barrio de Madrid no lo hace? Mame escribe relatos en su despacho, textos casi poéticos, hechos con frases recortadas de conversaciones de WhatsApp, de series de televisión malas y de conversaciones escuchadas en las cafeterías y ensambladas de manera que adquieren un sentido milagroso. ¿A qué os suena? A Carmelo en Londres, no podemos pediros tanta atención como para que adivinéis estas cosas. Mame se acaba de jubilar y ha recibido un homenaje de sus compañeros de trabajo. La hija del Judoka se graba bailando en su salón porque se gana la vida generando contenidos de ese tipo (belleza cincuentona, erotismo contenido, *rock* antiguo, grandes sombreros al estilo de la cantante Fleetwood Mac) para las redes sociales. Su rockero argentino se enamoró de ella tan absurdamente que la cosa acabó en apercibimiento judicial y disco de oro dedicado a la madame Butterfly de Torres Blancas. Era un vecino curioso aquel hombre. Se fue a vivir a Buenos Aires con el dinero del piso y ahora vive en un *loft* en Puerto Madero que no podría ser más hortera, perdonadnos por usar la palabra hortera, tan 1995.

Javier Arregui estudia informes de su banco de inversión y Javier Abreu visita a su nieta. Era tan guapo este otro Javier, era tan guapo y le duró tan poco. A los veinticinco años ya estaba calvo y gordo, de modo que su vida fue deprisa y tuvo una hija a los veinticinco y una nieta a los cuarenta y siete. Que lo disfrutes, chaval. De todos los hijos de los Opusinos, hay tres que siguen viviendo en el edificio y todos hacen equilibrios por ser lo más libres que pueden sin renegar del todo del lugar del que vienen. Cuando cenan en sus pisos beben botellas de vino tinto y se hablan con un tono confidencial y compasivo con el que parecen decirse «pasamos lo que pasamos y aquí estamos, hacemos lo que podemos». Recorren sus pisos e intentan ser conscientes de ellos, que es como ser peces y ser conscientes del mar. Y entonces piensan en el anhelo obsesivo de sus padres por convertir esos lugares en viviendas normales, en lugares adecuados a la imagen que querían transmitir al mundo. Los tabiques curvos, panelados, y lo piensan con dulzura, como un «pobre Papá, pobre Mamá, mira que caer aquí».

Una pareja de arquitectos jóvenes enseña la reforma que hicieron en un dúplex de la planta 11 a los periodistas de la revista *AD*. Su criterio consistió en atenerse lo más literalmente que les fue posible al espíritu de la obra original, y lo que les salió fue una imagen impecable y suntuosa. Extrañamente suntuosa. Elena, la amiga de Juan, llega en taxi, lleva comida precocinada para los hermanos Llovet. El piso de la mujer que grita es ahora un alojamiento turístico especializado en los amantes del mobiliario *mid century* y la arquitectura brutalista. Henrique, el padre de Victoria, y Manoel, discuten obsesivamente. Silvia vive desde hace siete años en Bissau. No queda nadie armado en el edificio, mejor así. Anne Therese está en Alemania. Tuvo niños un poco tarde, todavía está liada con las cosas de la crianza.

Ninguna de las hijas del chef suicida se ha suicidado, como pronosticó nuestro coro en su momento, pero todas se fueron pronto, lo más lejos posible: Santiago de Chile, Lanzarote, Florida. Su madre murió hace unos años después de un ictus que la volvió a condenar a figura trágica, y su piso pasó por las inmobiliarias a velocidad sideral, con precio de derribo. Sólo una de ellas, la de personalidad más sentimental, la lanzaroteña, pasa por Torres Blancas alguna vez y piensa en *ille tempore*, se acuerda incluso de aquella chica medio guineana que se murió en el restaurante clausurado.

¿Y sabéis quién sigue vivo? Las Señoras de Gris aquellas que fueron acumulando pisos en los años de la desidia. Aún hoy reciben a sus inquilinos en su oficina, sobre una mesa con tapete verde en la que se manejan con un *stick* como los de los *crupiers* de los casinos. Las atiende un muchacho veinteañero de chaqueta entallada al que presentan como su sobrino y que es detestado por muchos de nosotros. Se dice que se le ha visto en manifestaciones nazis, en bares de ambiente, a bordo de un Mercedes Pagoda blanco…

Los niños a los que vimos disfrazados de vaca ya tienen treinta y tres, treinta y cuatro, treinta y cinco años. Han estudiado en la universidad, han viajado por el mundo y han vuelto a casa. Se preguntan si haber crecido entre esas paredes curvas los habrá hecho diferentes.

Alguien tiene que hacer el amor: son Jaime y Angie.

El viejo croata aún se acerca a los bares de la calle Clara del Rey. Muestra sus anillos a quien quiera escucharlo y habla de su padre, un hombre de negocios llamado Eduardo Eterovic.